हुमा को उड़ जाने दो
(नाटक)

हुमा को उड़ जाने दो

मीरा कांत

वाणी प्रकाशन

21-ए, दरियागंज, नयी दिल्ली-110002

फोन : 011-23273167, 23275710

फैक्स : 011-23275710

e-mail : vaniprakashan@gmail.com

website : www.vaniprakashan.com

वाणी प्रकाान का 'लोगो'
विख्यात चित्रकार मक़बूल फ़िदा हुसेन की
कूची से

ISBN : 978-81-8143-785-3

वाणी प्रकाशन
21-ए, दरियागंज, नयी दिल्ली-110002
द्वारा प्रकाशित
प्रथम संस्करण : 2008

मूल्य : 150.00
आवरण : वाणी चित्रांकन
नागरी प्रिंटर्स, शाहदरा, दिल्ली-110032
द्वारा मुद्रित

HUMA KO UR JANE DO
by : Meera Kant

पकड़े जाते हैं, फ़रिश्तों के लिखे पर, नाहक़
आदमी कोई हमारा, दम-ए-तहरीर भी था।

—ग़ालिब

पूर्ण विराम और उससे पहले

जीवन यदि गति है तो मृत्यु उस गति का ठहराव यानी पूर्ण विराम। इस पूर्ण विराम से पलट कर देखने पर ज्ञात होता है कि गति कितनी निर्बाध रही और कितनी बाधा-दौड़। नाटक 'हुमा को उड़ जाने दो' हुमायूँ के जीवन को पूर्ण विराम से पलटकर देखने का एक प्रयास भर है। हुमायूँ – एक ऐसा मुग़ल बादशाह जो सम्राट के रूप में अधिक सफल सिद्ध न हो पाया और जिसने अपनी करनी और यहाँ तक कि नाम में भी अंतर्विरोधों को जिया। जो प्रायः नेक इरादे रखते हुए भी बराबर परिस्थितियों के शिकंजे में क़ैद रहा, उलझता रहा, छटपटाता रहा।

हुमायूँ का शाब्दिक अर्थ है– वह शख़्स जिसके सिर पर हुमा अर्थात् भाग्य लाने वाले एक ख़याली परिंदे की छाया पड़ी हो यानी भाग्यवान। अपने नाम के विपरीत बादशाह हुमायूँ के जीवन का घटना-क्रम तो उसे एक बदक़िस्मत बादशाह क़रार देता है, उसकी मौत भी एक बदक़िस्मत मौत साबित हुई। पहले पुस्तकालय की सीढ़ियों से फिसलकर घायल होना फिर मौत के बाद मय्यत उठने का लगभग दो सप्ताह का लंबा इंतज़ार! चारों ओर एक भ्रम की स्थिति कि बादशाह मृत हैं या जीवित! यानी जीवन ने लगातार मृत्यु की छाया को जिया और मृत्यु ने जीवन के भ्रम को!

हुमायूँ का एक मन था जो अकेला रहना चाहता था तो दूसरा मन साम्राज्य के सुखों को भोग रहा था। एक मन विरक्त होकर सूफ़ी, संतों, दरवेशों की संगत के लिए तड़पता था तो दूसरा मन हिंदुस्तान फ़तह कर अकबर को देना चाहता था। यह अंतर्विरोध जो उसने अपने मन व स्वभाव में जिया वही उससे बाहर उसके 'होने' में दिखाई देता है। एक ओर उसे शिक्षित, संवेदनशील शायर और ज्योतिषविद् के रूप में जाना गया तो दूसरी ओर एक भाग्यवादी, सिरफिरे, सनकी बादशाह के रूप में।

'हुमा को उड़ जाने दो' ऐतिहासिक नाटक नहीं बल्कि इतिहास के बेतरतीब तिनकों को बटोर कर काल्पनिक पक्षी हुमा की भाँति बनाया गया

एक काल्पनिक नीड़ है। इतिहास साक्षी है कि हुमायूँ की मौत के वक़्त या उसके आसपास उसकी कोई पत्नी, यहाँ तक कि शाही परिवार की कोई महिला दिल्ली में मौजूद नहीं थी। वे सभी काबुल में थीं। परंतु नाटक में हुमायूँ की इतिहाससम्मत आकस्मिक मौत को उसकी पत्नी हमीदा बानो की नज़र से काल्पनिक रूप में देखा गया है। संभवतः हुमायूँ की पत्नी और अकबर की माँ होने के नाते हुमायूँ की मौत को ज़िंदगी की शक्ल देने के इस सियासी खेल के दर्द की अभिव्यक्ति का वही एक सशक्त माध्यम हो सकती थी। एक ऐसा सियासी खेल जहाँ ज़िंदगी और मौत दोनों सिर्फ़ अलग-अलग दो मोहरे होते हैं और जो खेल सदियों से अलग-अलग साम्राज्यों व हुकूमतों में प्रायः खेला जाता रहा है।

–मीरा कांत

इतिहास की दहलीज़ पर ठिठकी कल्पना

पुराण एवं इतिहास की संधि-रेखा की भाँति इतिहास एवं कल्पना का संधि-स्थल भी दोनों वक़्त मिलने जैसा होता है, उतना ही दुर्वह, उतना ही नाज़ुक। 'हुमा को उड़ जाने दो' कुछ ऐसी ही वेला की नाटकीय प्रस्तुति है जब मुग़ल साम्राज्य का दूसरा संगे मील, जन्नत आशियानी नासिरुद्दीन हुमायूँ अपने मक़बरे का नक़्शा पूरा कर चुका था। इस दृष्टि से 'हुमा को उड़ जाने दो' ऐतिहासिक नाटक कहलाएगा। परंतु केवल गुज़रे हुए ज़माने को संवादों में बाँध देना साहित्य का व्यतीत अतीत है। इतिहास में कल्पना के रंग भरना और इतिहास के इंद्रधनुष में से मूल और प्रक्षिप्त रंगों को अलग करना ही साहित्य का टेढ़ा-मेढ़ा रास्ता है। यों देखा जाए तो इतिहास, अर्थात् ऐसा हुआ था भी तथ्यों से अधिक आत्मगत प्रतिक्रियाएँ एवं अभिलेखन ही है। अन्यथा ऐतिहासिक घटनाओं के वाद-संवाद-विवाद का श्रुतलेख कौन कर रहा था? इतिहास की घटनाओं का रोज़नामचा कभी 'लांग शॉट' से दर्ज होता है तो कभी 'क्लोज़ अप' से। कहीं रोशनी कम रखने से दृश्य धुँधला जाता है तो कहीं ज़्यादा चौंध से घुप्प अँधेरा भी हो जाया करता है। साहित्य का काम इसी धूप-छाँही रिश्ते को समझना है। इस रूप में इतिहास ज्योतिष की भाँति व्याख्या-सापेक्ष अधिक है।

इतिहास भी दर्शन के उस सिद्धांत का अपवाद नहीं कि सूर्य का प्रकाश कलश के एक पार्श्व पर पड़ता है तो दूसरा पार्श्व उसकी छाया बन जाया करता है। साहित्य का उद्देश्य उस छाया को रोशन करना है। हुमायूँ के बारे में विदेशी और स्वदेशी इतिहासकारों ने बहुत जम कर व्यक्तिगत टिप्पणियाँ की हैं। इस प्रक्रिया में उसके साथ कुछ अन्याय भी हुआ। प्रस्तुत नाटक इतिहास पुरुषों को दूध का धुला दिखाकर उनका तर्पण करने की रूढ़ि की कड़ी नहीं है। इतिहास-नायक को नायक और खलनायक के विभाजन बिंदु पर खड़े होकर, उन दोनों भुजाओं को नापना ही ऐसे रचनात्मक उद्यम का अभीप्सित है। 'आज, आज के दौर चलें' अथवा क्षणवाद का तूर्यनाद, छायावादोत्तर साहित्य की सम भले ही रही हो पर कुछ

अंतरालों के बाद घटित क्षणों की शृंखला नाट्य साहित्य का 'नेपथ्य-राग' बनकर झंकृत होती रही। हिंदी नाटक का उन्मेष काल हो अथवा आधुनिक नाटक का नवोत्थान-युग, इतिहास कभी सीधी रेखा में तो कभी एक दूसरे को चीरती रेखाओं के रूप में साहित्य की संगत करता रहा। 'हुमा को उड़ जाने दो' में इतिहास समरेखीय कोण में प्रसरित न होकर सही-ग़लत के चिह्नों के बीच रिक्त स्थानों की कौंध भर है। यह इतिहास पुनर्लेखन किसी भी कोण से नहीं। यह इतिहास के उन पृष्ठों को ज़रा ठिठक कर पढ़ने की चेष्टा है जिन्हें सरसरी तौर पर हम उलटते रहे या केवल एक ही अर्थ में पढ़ते रहे। हुमायूँ के व्यक्तित्व के अँधेरे, इतिहास की दूरबीन से ओझल पक्षों को सामने लाना, इतिहास और कल्पना की देहरी पर एक दीया बालने (जलाने) का रचनात्मक उद्योग ही इस नाटक का लक्ष्य है। इतिहास के घट को हल्के हाथों से घुमाकर देखना या फिर ऐतिहासिक पात्र के व्यक्तिगत जीवन के छूट गए फंदों को सँभाल कर उठाना। हुमायूँ की अंतरंग शरीके हयात हमीदा बानो की आँखों से अधिक यह कौशल किसके पास हो सकता था? लिहाज़ा इस नाटक में लिखित घटनाचक्र में एक व्यतिक्रम किया गया है। हमीदा बानो जो हुमायूँ के अंतिम दिनों में शाही स्त्रियों सहित काबुल में थी उसे दीनपनाह (दिल्ली) में दिखाया गया है। जिस हमीदा बानो को हुमायूँ ने दिल की गहराई से चाहा था उसके सिवा उसके दिल का हाल, उसकी मजबूरियों की दास्तान उससे बेहतर कौन समझ पाता? बक़ौल ग़ालिब—

पकड़े जाते हैं, फ़रिश्तों के लिखे पर, नाहक़
आदमी कोई हमारा, दम-ए-तहरीर भी था।

कब कौन कैसा था और उसके साथ कौन-कौन था इस राग के विस्तार में कुछ सुर अति कोमल हो जाया करते हैं। पर उनका अस्तित्व, उनकी अनुगूँज बहुत दूर तलक जाती है। दिल्ली में हुमायूँ के मक़बरे के पास कोने में एक छोटा-सा मक़बरा बना हुआ है जिसे हुमायूँ के हज्जाम (नाई) का मक़बरा माना जाता है। मीरा कांत ने इस अल्पविदित पात्र को हुमायूँ की दिल की दुनिया के एक छोटे से गवाक्ष के रूप में पेश किया है।

इतिहास के बहीख़ाते में कुछ हिसाब दर्ज होने से रह ही जाता है। वैसे भी इतिहास-पुरुषों के दस्तावेज़ तैयार करने की बारी तो बहुत बाद में आती है। क़िले की ख़बर जनता तक पहुँचने से पहले जिस सूप और छलने से

होकर गुज़रती है वह अपने आप में कितना विश्वसनीय माध्यम है? आज की भाषा में जिसे हम मीडिया अथवा 'फ्री प्रेस' कहते हैं। सत्तरह दिन तक ख़ाक में मिलने के लिए तरसती हुमायूँ की मिट्टी उस ज़माने के शाही छलनों में किस विराट आयोजन से रोक कर रखी गई होगी। मुल्ला बेकसी जन्नत आशियानी हुमायूँ का परिधान पहन कर जो जनता को पृष्ठदर्शन देते थे वो किसकी बेकसी थी? यह वही बेकस व्यवस्था थी जिसके रहते हुमायूँ का पोता जहाँगीर हिंदुस्तान की 'डी फ़ैक्टो' हुक्मरान नूरजहाँ द्वारा कश्मीर से मृत अवस्था में एक हौदे में बैठा कर लाया गया था। पिता बाबर और पौत्र जहाँगीर की भाँति हुमायूँ की मृत्यु को कई दिनों तक छिपाए रखना हुमायूँ की व्यक्तिगत त्रासदी तो है ही राजनीति और प्रत्येक युग के प्रचार माध्यमों की उधड़ी बखिया भी है। सत्ता का दमकश वही कहता है जो उसे कहना चाहिए और वही दिखाता है जो लोगों को देखना चाहिए। इस प्रबल अंतर्विरोध पर टिकी शासन की बिसात इसलिए अक्सर हारी हुई बाज़ी को जीतने का दारुण प्रयास होती है। हुमायूँ भी ऐसी ही एक बाज़ी का मुहरा था जो बादशाह होते हुए भी एक बदक़िस्मत प्यादा था।

'हुमा को उड़ जाने दो' में हुमायूँ के अंतर्जगत तक जाने वाली सुरंग का द्वार खोजते हुए उन अवरोधों की शिनाख़्त की गई है जो व्यक्ति की गति और नियति को बराबर निर्धारित करते हैं। इतिहास गवाह है कि अन्य अनेक अगले-पिछले शासकों की भाँति हुमायूँ शासन और राजनीति से ज़रा दूर का ही रिश्ता रखना चाहता था। अपने युवा वर्षों में पिता बाबर के नित नवीन अभियानों के प्रति उसके मन में कोई विशेष उत्साह नहीं था। उसका एकांतकामी मन विविध शास्त्रों के सैद्धांतिक जगत में अधिक रमता था। परंतु बाबर उसकी सदाशयता में आदर्श उदार शासक के स्फुल्लिंग देख रहा था। कुछ अत्यंत निर्णायक सफलताओं के बाद अंतिम दिनों में बाबर ने अपने इसी ज्येष्ठ पुत्र को अपना वारिस घोषित किया। स्नेहवश बाबर द्वारा रखा गया नाम हुमायूँ सार्थक हुआ। हुमायूँ अर्थात् परम भाग्यशाली व्यक्ति। परंतु एक भाषिक सिद्धांत यह भी है कि प्रत्येक शब्द की मनःछवि उसके निषेध पर आधृत है। अर्थात् गाय इसलिए गाय है क्योंकि वह घोड़ा नहीं है। प्रथम मुग़ल सम्राट ने अपने पुत्र को नाम दिया– हुमायूँ अर्थात् परम भाग्यवान। उसी भाग्य की विडंबना देखिए कि उसके पक्षधर और आलोचक इतिहासकारों ने एक स्वर में उसे मुग़ल साम्राज्य का सबसे

अभागा बादशाह माना। उन्होंने उसे एक सनकी, झक्की शहंशाह क़रार देकर उसके दुर्भाग्य को रेखांकित किया। इन दोनों बातों को कार्य-कारण संबंध के रूप में देखें तो ताजमहल के प्रोटोटाइप, अपने मक़बरे का नक़्शा खुद तैयार करने वाले हिंदुस्तान के इस सम्राट को हम बेहतर समझ सकेंगे। नाटक का नाम 'हुमा को उड़ जाने दो' इस दृष्टि से अर्थ की एकाधिक पर्तें खोलता है। एक ओर वह हुमायूँ की कसमसाती, छटपटाती आत्मा की मुक्ति का आह्वान है तो दूसरी ओर यह संकेत भी कि भाग्य और दुर्भाग्य का सम-विषम संबंध हुमा जैसा परिंदा भी नहीं बदल सकता। हुमा भले ही सिर पर से उड़ जाए यानी उसकी परवाज़ भले ही अपना असर दिखा ले पर दुर्भाग्य की गुरुत्वाकर्षण शक्ति उतरते हुए ज़ीने पर औंधे मुँह गिराकर ही दम लेती है।

एकाधिक अवसरों पर काल का ग्रास बनने से बचने वाले इस अभागे भाग्यवान ने कई बार जीवन और मृत्यु की वयसंधि को जिया होगा। उसकी नज़ाकत को उसने कितनी गहराई से महसूस किया होगा। ग्रह-नक्षत्रों की ओट में रहना, ज़िन्दगी की छूटती आस का पता देता है तो कुछ दूसरी छोटी घटनाएँ भौतिक समृद्धि के प्रति उसकी गहरी वितृष्णा का सुराग़ देती हैं। इन छोटे-छोटे क़िस्सों में निज़ाम सक़्क़ा (भिश्ती) का प्रकरण हुमायूँ के अंतर्जगत की एक रोशन सुरंग मालूम होती है। शेर ख़ाँ से लोहा लेने के दौरान मुग़ल साम्राज्य का यह दूसरा शासक एक अवसर पर प्राण बचाने के लिए गंगा के तेज़ बहाव की गिरफ़्त में आ गया। आसमान से गिरे खजूर में अटके की कहावत अपनी तार्किक परिणति तक पहुँचने ही वाली थी कि निज़ाम सक़्क़ा (भिश्ती) ने अपनी मशक़ के सहारे इस बादशाह की प्राण रक्षा की। हुमायूँ ने कातर कृतज्ञ भाव से उसे आधे दिन (नीम रोज़) की सल्तनत सौंप दी। इस भिश्ती ने उन चंद घंटों में चमड़े का सिक्का चलाकर एक कहावत का बीजारोपण किया। हुमायूँ के भाई कामरान और मुसाहिबों ने इस पर सख़्त एतराज़ किया। बहरहाल, औरों ने जो चाहे समझा हो और हुमायूँ के लिए शायद यह कौतुक ही रहा हो पर क्या इसके पीछे हुमायूँ का तख़्त और ताज के प्रति मुँह बिराने का भाव नहीं रहा होगा? जीवन और मृत्यु के बीच डूबते-उतराते हुमायूँ ने क्या सोचा न होगा कि जीवन जहाँ खत्म होता है उसके बाद सल्तनत की डोर निज़ाम सक़्क़ा के हाथ आए या फिर कृतघ्न भाइयों के हाथ, कुछ ख़ास फ़र्क़ नहीं पड़ता।

किशोरावस्था से अनेक बार काल का ग्रास बनने से बाल-बाल बचते हुमायूँ की जीवन के प्रति क्या आस्था शेष रही होगी? यों तो युद्धरत सभी शासक कुछ इसी मनःस्थिति से गुज़रते होंगे परंतु हुमायूँ के साथ होने वाली ये दुर्घटनाएँ व्यक्तिगत दुर्भाग्य की श्रेणी में अधिक आती हैं। लकड़ी के पुल का टूट जाना और सैनिकों द्वारा पगड़ियों की डोर बनाकर सम्राट को बचाना, मनोबल उन्नत करने वाला अनुभव तो नहीं रहा होगा। कमसिन उम्र में बाबर द्वारा दूर-दराज़ के इलाकों में शासन की डोर सँभालने के लिए भेजे जाने के कारण इस शासक के भीतर कोई कोना बहुत वीरान छूट गया होगा जिसे उसने अफ़ीम के नशे के कृत्रिम संसार से भरना चाहा। यह बात दूसरी है कि यह नशा आगे चलकर उसके लिए बहुत महँगा पड़ा जिसने अधेड़ होते ही उसे एक दूसरे सहारे का मुहताज बना दिया – एक छड़ी जिसके हाथ से छूटते ही हुमायूँ सितारों की दुनिया से बिछड़ कर सख़्त, पैने पत्थरों के उतरते जीने से जा टकराया।

आधुनिक युग के एकाधिक शासकों की भाँति हुमायूँ भी संभवतः राजनीति की अनीति के लिए उपयुक्त पात्र नहीं था। उसकी एकांत प्रेमी प्रकृति, उसकी आसानी से समझ में न आने वाली लिखावट, उसकी जटिल, दुरूह अभिव्यक्तियाँ स्वभाव के भिन्न रुझान का अभिलेख थीं। ईश्वरी प्रसाद जैसे हुमायूँ विशेषज्ञ इतिहासकारों ने इस बात को मुक्त भाव से स्वीकार किया है कि हुमायूँ का स्वभाव चिंतनप्रधान, लोकोत्तर जगत में विचरण कराने वाला था। अपने युवा वर्षों से ही उसका उचाट, दुचित्ता मन भौतिक जगत के रहस्यों में अधिक रुचि लेता था। इतिहासकारों का मानना है कि उसने पंचतत्त्वों पर एक लघु प्रबंध भी लिखा था। तंत्र-मंत्र में उसकी गहरी पैठ इसी झुकाव का पता देती है। हिंदुस्तान में मुग़ल साम्राज्य की नींव रखने वाला अनुभवी बाबर इस अंतःगुहावासी प्रवृत्ति को बहुत पहले समझ गया होगा। समय-समय पर, दूर बैठा हुआ भी वह अपने प्रिय पुत्र को इस बारे में आगाह करता रहता था क्योंकि वह उसी में भारत के भावी सम्राट के गुणों की झलक देखता था। उसे उसकी निष्पक्षता और इंसानियत पर भरोसा था। अपने से पहले की पीढ़ी की महत्त्वाकांक्षाओं को जीना बहुत आसान काम नहीं होता। अतः बाबर तो मृत्युशय्या पर पड़े हुमायूँ के तीन तवाफ़ (चक्कर काटना) कर, अपनी ज़िंदगी निसार कर त्याग की प्रतिमूर्ति बन महादानी की पदवी ले बैठा पर उसकी उधार दी गई ज़िंदगी हुमायूँ को ययाति के याचित यौवन जैसा अथाह खोखलापन नहीं दे गई होगी?

इतिहासकारों ने हुमायूँ को राजनय की दृष्टि से बहुत कुशल एवं दक्ष शासक नहीं माना है। यह सच भी है कि हुमायूँ को अपनी अदूरदर्शिता के कारण एक बार हिंदुस्तान की हुकूमत से हाथ धोना पड़ा था। और दूसरी बार उसका सुख भोगने के लिए वह लगभग डेढ़ साल ज़िंदा रहा। मगर हुमायूँ अपनी सारी कमियों और नाकामियों के साथ आधुनिक आधे-अधूरे मन के कहीं आस-पास प्रतीत होता है। उसका फ़क़ीरों, दरवेशों की सोहबत के लिए ललकना, ग्रह-नक्षत्रों की गति से अपनी लड़खड़ाती ज़िंदगी का साज़ मिलाना, उत्तरोत्तर आधुनिक मन की अनिश्चयग्रस्त मनःस्थिति की पूर्वध्वनि है। हुमायूँ की ज़िंदगी एक ऐसे हताश मनुष्य की हारी हुई बाज़ी है जिसे जीवन की विसंगति ने हिला कर रख दिया था। कार्य-कारण संबंध की बुनती इस बुरी तरह उलझ गई थी कि अपने अनुत्तरित प्रश्नों से जूझता हुआ वह ग्रह-नक्षत्रों के सैद्धांतिक सह-संबंध की शरण में चला गया जो शाब्दिक अर्थ में उसके पराभव का कारण बना। अंतिम दिनों में हुमायूँ का आंतरिक द्वंद्व अत्यधिक बढ़ गया था। एक ओर वह अपनी खोई हुई ज़मीन वापिस हथिया कर अकबर को सौंप देना चाहता था तो दूसरी तरफ़ पीर दरवेशों का साया खोजता फिरता था। साम्राज्य का स्वर्ण पिंजर खोल कर उड़ जाना चाहता था। 'अकबरनामा' में अबुल फ़ज़ल लिखते हैं, ''जब उसकी मृत्यु निकट थी तो अपने कई परिचित लोगों से कहा था कि मेरी ज़बान पर बार-बार ये शब्द आते हैं कि हे प्रभु, मुझे अपना लो और अपने गुणों का ज्ञान करवाओ, तर्क ने मेरी आत्मा को अपंग कर दिया है। मुझे अपना मतवाला मानकर मुक्त कर दो।''

हुमायूँ अपनी छत पर बैठा नक्षत्र गणना कर रहा है यानी ज्योतिष के सैद्धांतिक पक्ष में निमग्न है कि वक़्त से ज़रा पहले अज़ान का स्वर सुनाई देता है। वह पल भर के लिए अचकचाता है क्योंकि क़ायदे से उसे इस घड़ी कहीं और होना चाहिए था। धर्म के व्यवहार-पक्ष और शास्त्र के सिद्धांत पक्ष के बीच ठिठका हुमायूँ मानो आज का यथार्थ बन जाता है। हड़बड़ाहट में पोस्तीन (गर्म लबादा) में पैर का उलझना और छड़ी का सहारा छूट कर औंधे मुँह गिरना उसकी नाटकीय प्रतिकृति है।

देखा जाए तो हुमायूँ का पूरा जीवन अन्य मुग़ल सम्राटों की तुलना में सबसे अधिक ऊहापोह-ग्रस्त प्रतीत होता है। बचपन से महत्त्वाकांक्षी, भौतिक उपलब्धियों के आकांक्षी ऐंद्रिय सुखों के समर्थक सम्राट पिता के सिद्धांतों की धुरी से छिटका हुमायूँ का अस्मि-ग्रह बाबर की कक्षा से कुछ अलग रहा। बाबर का शायराना ख़याल था – 'बाबर बऐश कोश के आलम दोबारा नेस्त' अर्थात् विलासमय जीवन व्यतीत कर

क्योंकि यह संसार पुनः प्राप्त नहीं होगा। उधर हुमायूँ का जीवन दूसरी डगर पर चल पड़ा था। विरासत में मिले शायराना मिज़ाज में उसने अपनी ज़िंदगी का जो निचोड़ फ़ारसी में पेश किया था उसका शिथिल-सा हिंदी भावानुवाद कुछ यों होगा—

मेरे पास क़ारून[1] के खज़ाने के समान बहते हुए आँसू हैं
थैली में अफ़ीम गुलगूना[2] के समान रखता हूँ।

इस अभागे भाग्यवान बादशाह के जीवन की इन्हीं गुत्थियों को यह नाटक पेश करता है। हुमा के साये में बनती-बिगड़ती नायक की ज़िंदगी भाग्य और पुरुषार्थ की भी सूक्ष्म विवेचना है। हुमायूँ नाम से एक सहजात भाग्यवाद जुड़ा हुआ है। इस विषय में एक जनश्रुति प्रसिद्ध है कि हुमा नामक पक्षी जिस व्यक्ति के सिर के ऊपर से उड़ान भर लेता है वह नरेश बन जाता है। परंतु क्या यह भाग्यवादी धारणा अहम् के विगलन का एक अंदाज़ नहीं—

बड़े नादान हैं जिनको है उज्बे ताजे सुल्तानी
फ़लक वाला हुमा को पल में सौंपे है मगसरानी।

अर्थात् वे लोग अत्यंत अबोध हैं जिन्हें अपने शासक होने का अहंकार है क्योंकि ऊपर वाले ने हुमा नामक पक्षी को यह शक्ति प्रदान कर रखी है कि वह जिसे चाहे चँवर या दूसरे शब्दों में शासन प्रदान कर दे।

यह भाग्य की विडंबना नहीं तो और क्या है कि जो स्वनाम विलोम, सितारों की गर्दिश के थपेड़े खाता शासक हुमायूँ कहलाता रहा उसकी मृत्यु की अनिश्चित तिथि जिस शेर से निर्धारित हुई वह भी हुमा के साये में कहा गया, जिसका आशय था, 'सूर्यास्त के समय उनकी आत्मा का हुमा, पवित्रता के घोंसले की ओर उड़ गया'।

सौभाग्य और दुर्भाग्य की रस्साकशी में विपरीत दिशाओं से खिंचते इस शहंशाह का परम दुर्भाग्य नहीं तो और क्या था कि पहले उसकी मिट्टी, मिट्टी से मिलने के लिए सत्तरह दिन फड़फड़ाती रही और उसके बाद दो गज़ ज़मीन के लिए दर-दर भटका की। दीनपनाह और सरहिंद में कभी दफ़नाई तो कभी निकाली जाती रही जब तक कि उसे मक़बरे का अंतिम साया हासिल न हुआ।

इतिहास एवं कल्पना तथा भाग्य और पुरुषार्थ की भाँति सत्य एवं मिथ्या प्रचार के अभिनय को मीरा कांत ने अपने इस नाटक में बहुत संश्लिष्ट रूप में प्रस्तुत

---

1. एक बहुत बड़ा धनवान जो अत्यंत कृपण था और अंत में अपने धन सहित पृथ्वी में समा गया।
2. मुँह पर लगाने का सुगंधित पाउडर।

किया है। हुमायूँ की मृत्यु हो चुकी है। उधर हुमायूँ का वारिस अकबर पंजाब में उपद्रव दबाने के लिए सुदूर पश्चिम की ओर बढ़ चुका है। नीति-निपुणता के तहत उसे तत्काल वापस नहीं बुलाया जा सकता। इधर राजधानी दीनपनाह (आज की दिल्ली) में हिंदुस्तान के शहंशाह की मृत्यु की ख़बर एकदम नहीं दी जा सकती। उससे अराजकता फैलने का डर है। मुग़लिया सल्तनत का यह दस्तूर भी रहा जो हुमायूँ से पहले और बाद तक जारी रहा। प्रस्तुत नाटक उन सत्तरह दिनों के छलावे का वृत्तांत है जो हुमायूँ के जीवन की व्यथा-कथा का सार-संक्षेप भी है। इस दोहरेपन को उजागर करने के लिए एक पात्र की सृष्टि की गई है—हमीदा बानो की कनीज़ जो अंतिम दृश्य तक मंच पर रहती है। वस्तुतः वह महल के कड़ुए सच को झूठ की चाशनी में पाग देकर पेश करने का सुलभ माध्यम है। यही कारण है कि अधिसंख्य पात्र जैसे तरदी बेग, शाही हज्जाम और खुद हमीदा बानो उसके सामने एक भव्य पाखंड का विस्तार करते हैं और उसके मंच से हटते ही गहन शोक और संताप के गर्त में धँसते दिखाई देते हैं। नाटक के भीतर नाटक और दोहरे अभिनय की जटिल बुनावट की यह अनोखी सूझ है।

राजनीति और राजनय की समानांतर, कभी न मिलने वाली दो रेखाओं का यह अपना रेखागणित है जो हर युग का यथार्थ है। इस पेचीदा प्लॉट के लिए मंच व्यवस्था में भी विशेष रंग-संयोजन है। मंच के मध्य हमीदा बानो का कमरा यथार्थ और भ्रम तथा अतीत और वर्तमान की क्रीड़ास्थली है तो हुमायूँ के कमरे का भारी-भरकम दरवाज़ा, उसके पुस्तकालय तक जाने वाली सीढ़ियाँ और ऊपर खुलने वाला दरवाज़ा एक ऐसा सत्य है जो अब मिथ्या हो गया है जिसे दाईं ओर का दरवाज़ा उलट कर पेश करता है। कुल मिलाकर ये तीन दरवाज़े त्रिआयामी यथार्थ की याद दिलाते हैं जिन्हें समय का चौथा आयाम कुछ से कुछ कर देता है।

इन अनेकायामी ध्वन्यर्थों को निभाते हुए इस नाटक में मुग़ल साम्राज्य के काल खंड को बहुत बारीकी से उकेरा गया है। हुमायूँ के जीवन की छोटी से छोटी घटना एवं विशिष्टताओं को बहुत सहेज कर उसका नाट्य रूपांतर किया गया है। हुमायूँ का ज्योतिष-प्रेम हो अथवा उसके शासन व्यवस्था के सूक्ष्म संकेत, प्रस्तुत नाटक में ऐतिहासिकता का आग्रह किए बिना, उनका संयोजन कर एक वातावरण तैयार किया गया है जो उसे प्रामाणिक पृष्ठाधार देता है। हुमायूँ के रचनात्मक मन-मस्तिष्क ने बहुत-सी मौलिक उद्भावनाएँ कीं। उदाहरण के लिए नक़्क़ारे बजाने का उसका अपना एक ख़ास नियम था। उसके यहाँ दिन में तीन बार नक़्क़ारे बजा करते थे। पहना नमाज़ एवं प्रार्थना के समय प्रातः काल बजाया जाता था। यह

'नौबते सआदत' कहलाता था। दूसरा सरकारी काम आरंभ होने के समय बजाय जाता था जो 'नौबते दौलत' कहलाता था। तीसरा 'नौबते मुराद' का नक़्क़ारा थ जो काम से छुट्टी की घोषणा, दूसरे शब्दों में आमोद-प्रमोद के समय का संके था। ऐसे शुष्क तथ्यात्मक ब्यौरे भी इस रचना में बड़े नाटकीय कौशल के सा पिरोए गए हैं।

इतिहास और कल्पना की यही 'झिरमिट' इस नाटक का मिश्रित राग है

—सुषमा भटना

हुमा को उड़ जाने दो

पात्र-परिचय

हमीदा बानो	:	आयु 32 वर्ष, मलिका-ए-आलिया, हुमायूँ की पत्नी व अकबर की माँ।
हुमायूँ	:	आयु 48 वर्ष, हज़रत जहाँबानी, मुग़ल सल्तनत का दूसरा सुलतान, अकबर का पिता।
तरदी बेग ख़ाँ	:	आयु लगभग 50 वर्ष, हुमायूँ के दरबार का एक विश्वसनीय अमीर।
नाज़िर शेख़ क़ुली	:	आयु लगभग 50 वर्ष, हुमायूँ के दरबार का एक विश्वसनीय अमीर।
शाही हज्जाम	:	आयु लगभग 40 वर्ष, नाम सलीम।
आमना	:	आयु लगभग 45 वर्ष, हमीदा बानो की बचपन की सखी।
कनीज़	:	आयु लगभग 30 वर्ष, हमीदा बानो की दासी।
मिर्ज़ा साहिब	:	आयु लगभग 50 वर्ष, हुमायूँ के दरबार का एक अमीर।
सय्यद साहिब	:	आयु लगभग 30 वर्ष, हुमायूँ के दरबार का एक अमीर।
ख़्वाजा साहिब	:	आयु लगभग 55 वर्ष, दीनपनाह की एक महत्त्वपूर्ण धार्मिक शख़्सियत।
पीर बाबा	:	आयु लगभग 60 वर्ष, दरगाह का एक फ़क़ीर।
कामरान	:	आयु लगभग 45 वर्ष, बादशाह हुमायूँ का छोटा भाई।
जौहर	:	अंतिम घड़ी में कामरान के लिए नियुक्त पहरेदार। हुमायूँ का आफ़ताबची *(पानी भरा आबदान यानी जग पकड़कर खड़ा रहने वाला)।*
अली दोस्त बारवेगी	:	मुग़ल सेना का एक अधिकारी।

सईद मुहम्मद पकना	:	मुग़ल सेना का एक अधिकारी।
गुलाम अली शश अगुश्त	:	मुग़ल सेना का एक अधिकारी।
फ़ौजी-1	:	मुग़ल सेना का एक सैनिक।
फ़ौजी-2	:	मुग़ल सेना का एक सैनिक।
प्रौढ़	:	मुग़ल सल्तनत की राजधानी दीनपनाह का एक प्रौढ़ नागरिक।
युवक	:	मुग़ल सल्तनत की राजधानी दीनपनाह का एक युवा नागरिक।
नागरिक	:	दीनपनाह का एक नागरिक।
व्यक्ति	:	दीनपनाह का एक नागरिक।
किशोर	:	दीनपनाह का एक नागरिक।
शहरी	:	दीनपनाह का एक नागरिक।
दुकानदार		
लड़का		
मुनादीवाला		
दरबान		

देश - काल

वर्ष 1556 में जनवरी के अंतिम और फ़रवरी के प्रारंभिक दिनों की दिल्ली यानी मुग़ल सुलतान हुमायूँ का दीनपनाह और उसमें स्थित ऐतिहासिक पुराना क़िला।

अंक
एक

शाही महल का एक बड़ा-सा कमरा जिसमें प्रवेश करने का रास्ता मंच के दाईं ओर है। बाईं ओर ज़ीना है जो ऊपर एक कमरे के दरवाज़े तक ले जाता है। यह कमरा हुमायूँ का किताबख़ाना है। उसके ठीक नीचे अर्थात् मंच के बाईं ओर एक और कमरा है जिसका दरवाज़ा बड़े कमरे के दाईं ओर वाले दरवाज़े की ओर मुँह किए है और इस बड़े कमरे में ही खुलता है। यानी बड़े कमरे में छोटा कमरा। मंच की पीठ से बाईं ओर को लगा एक दरवाज़ा भी है जो भीतर ले जाता है। फ़िलहाल छोटे कमरे का दरवाज़ा बंद है। सुबह का वक़्त है और बड़े कमरे में कनीज़ वस्तुओं को झाड़-पोंछ रही है। सीढ़ियों से सुलगता लोबान लिए आमना उतर रही है। वह उतरते-उतरते कमरे की व्यवस्था का निरीक्षण भी करती जाती है।

आमना : तेज़ी से हाथ चला... मलिका-ए-आलिया आती होंगी। *(कुछ ठहरकर)* और तेज़... बाद में दो बोटियाँ ज़्यादा खा लेना।
(कनीज़ तेज़ी से काम करती है। आमना नीचे आकर बड़े कमरे में लोबान लेकर धीरे-धीरे चलती हुई हर कोने में जाती है। लोबान का धुआँ और सुगंध चारों ओर फैल रहे हैं। तभी वह एक तिपाई के पास रखी पीतल की सुराही के पास ठिठकती है। सुराही के पास रखी एक छोटी पीतल की प्लेट की ओर संकेत करती है।) ये रकाबी अब तक...

कनीज़ : कल ही चमकाई थी... कहें तो आज फिर...

आमना : कल? ये कल और आज का क्या क़िस्सा है? जो कल हो चुका क्या आज नहीं होगा? कल तो खाना भी खाया था... क्या आज निवाला हलक़ से नहीं उतरेगा?

कनीज़ : अभी करती हूँ...मैं करने ही वाली थी...

आमना : फ़ौरन करो।

(कहती हुई छोटे कमरे में प्रवेश करती है। अंदर से दरवाज़ा बंद होता है।)

कनीज़ : *(अभिनय करके)* फ़ौरन करो...बड़ी आई...हुक्म तो ऐसे देती है जैसे मलिका-ए-आलिया खुद यही हो *(प्लेट साफ़ करते हुए)* जाने इसमें ऐसा क्या है कि मलिका-ए-आलिया ने इतना सिर चढ़ा रखा है। और अब तो बादशाह सलामत भी...

(तभी अचानक छोटे कमरे का दरवाज़ा खुलता है और लोबान लिए आमना बाहर आती है। दरवाज़ा ठीक से बंद कर कनीज़ की ओर देखती है। कनीज़ पीतल की प्लेट को चमकाने में व्यस्त है।)

आमना : ज़रा खटाई लगाकर चमकाना होता है...अच्छा सुन उसे वहीं छोड़ दे...बाद में कर लेना। मलिका-ए-आलिया के आने से पहले मसनद ठीक कर।

(कनीज़ प्लेट को वहीं रख मसनद ठीक करने लगती है। आमना मंच की पीठ वाले दरवाज़े से लोबान लेकर भीतर चली जाती है। उसके जाते ही उसी दरवाज़े से हमीदा बानो बड़े कमरे में प्रवेश करती हैं। कमरे में आते ही वो ठिठक कर कनीज़ को खामोशी से देखती हैं।)

कनीज़ : *(चौंककर)* मलिका-ए-आलिया! तस्लीमात...

(हमीदा बानो धीमी चाल से तख़्त की ओर आती हैं।)

हमीदा बानो : *(चारों ओर देखकर)* लोबान कहाँ है?

कनीज़ : मलिका-ए-आलिया...अभी बस अभी सारे में घुमाकर गई हैं आमना बी।

हमीदा बानो : गुस्ताख़ जो सवाल पूछा जाए उसका सीधा जवाब दिया कर।

कनीज़ : जो हुक्म!

हमीदा बानो : लोबान कहाँ है?

कनीज़ : जी वो आमना बी...

हमीदा बानो : कितनी दफ़ा कहा है...सब में घुमाकर उसे यहीं रख दिया जाए...इसी कमरे में।

कनीज़ : हुक्म हो तो ले आऊँ?

(हमीदा बानो हाथ के इशारे से कनीज़ को जाने का हुक्म देती हैं। कनीज़ का प्रस्थान। हमीदा बानो उठकर परेशान-सी चक्कर लगाने लगती हैं। कनीज़ लोबान लाकर एक ओर रख देती है। फिर दाईं ओर वाले दरवाज़े से बाहर चली जाती है। हमीदा बानो परेशान-सी मंच पर चक्कर लगाती रहती हैं। बीच-बीच में बाहर के दरवाज़े की ओर ठहर कर देखती हैं। फिर छोटे कमरे के दरवाज़े के पास जाकर उसे ठेलने के लिए हाथ बढ़ाती हैं पर इरादा बदलकर वापस आ जाती हैं।)

हमीदा बानो : क्या मौक़ा है और अब तक कोई पैग़ाम नहीं!

(तभी कनीज़ का शाही हज्जाम के साथ प्रवेश। शाही हज्जाम के हाथ में एक छोटा-सा बक्सा है।)

कनीज़ : मलिका-ए-आलिया...

(हमीदा बानो चौंक कर पलटती हैं।)

शाही हज्जाम तशरीफ़ लाए हैं।

शाही हज्जाम : *(विनम्रता से झुककर)* आदाब बजा लाता हूँ... मलिका-ए-आलिया।

(कनीज़ का प्रस्थान।)

हमीदा बानो : *(हल्के व्यंग्य से)* आ गए शाही हज्जाम! वक़्त ही ऐसा है कि आपने भी आने में कुछ देर...

शाही हज्जाम : *(माफ़ी माँगते हुए)* नहीं नहीं... मलिका-ए-आलिया... *(इधर-उधर देखकर राज़दारी से)* मौक़ा महल देखना पड़ता है...

हमीदा बानो : *(समझकर)* दुरुस्त! पूरी एहतियात बरतनी ज़रूरी है। गफ़लत की कोई गुंजाइश नहीं।

शाही हज्जाम : आप का नमक खाया है... ख़ादिम पर भरोसा कीजिए।

(कनीज़ का पुनः प्रवेश।)

कनीज़ : मलिका-ए-आलिया अहले दौलत हज़रत ख़ाँ साहिब तशरीफ़ लाए हैं।

हमीदा बानो : *(चौंक कर)* कौन तरदी बेग ख़ाँ? फ़ौरन भेजो।

(कनीज़ का प्रस्थान।)

शाही हज्जाम : हुज़ूर इजाज़त?

(हमीदा बानो हाथ के इशारे से कहती हैं कि जाओ। तरदी बेग ख़ाँ का कनीज़ के साथ प्रवेश। शाही हज्जाम तरदी बेग को इशारे से सलाम कर भीतर छोटे कमरे की ओर बढ़ जाता है। वह दरवाज़े को हाथ लगाता है तो दरवाज़ा धीरे-धीरे खुलता है। वह भी धीरे-धीरे उसमें प्रवेश करता है। हमीदा बानो और तरदी बेग ख़ाँ उसे ठहर कर प्रवेश करता देखते हैं।)

तरदी बेग : *(कनीज़ से)* तख़लिया।

(कनीज़ का प्रस्थान।)

हमीदा बानो : *(बेसब्री से)* कोई ख़बर? पंजाब से कोई लौटा?

तरदी बेग : लौटा भी और नहीं भी।

हमीदा बानो : *(बेसब्री बढ़ती है)* लफ़्फ़ाज़ी का वक़्त नहीं ख़ाँ साहिब... ख़बर सुनाएँ।

(तरदी बेग इधर-उधर देखकर अदब से क़रीब आते हैं।)

तरदी बेग : *(सिर झुकाकर)* मलिका-ए-आलिया... जो सवार लौटे हैं उनसे ख़बर मिली है कि *(ज़रा साँस लेकर)* हुज़ूर हरियाना से आगे निकल चुके हैं।

हमीदा बानो : ये तो आधी ही ख़बर हुई... इस तरह कब तक? कितने दिन?

तरदी बेग : गुस्ताख़ी माफ़... उन तक फ़रमान पहुँचाने खुद नाज़िर शेख़ क़ुली हरियाना गए हैं... जल्द ही...

हमीदा बानो : *(स्वर में परेशानी)* जल्दी-जल्दी करते कहीं बात हाथ से न निकल जाए।

तरदी बेग : सब्र का दामन हाथ से न जाने दें... हज़रत जहाँबानी बादशाह हुमायूँ का ये अहले दौलत अमीर तरदी बेग ख़ाँ इसी काम पर लगा है।

हमीदा बानो : जानते हैं... याद रहे एक-एक कदम सँभलकर रखने का वक़्त है... *(भौंह चढ़ाकर)* यूँ आते ही तख़लिया... जो आपने हुक्म दिया... क्या सही था?

(तरदी बेग ख़ाँ को कोई जवाब नहीं सूझता। हमीदा बानो ताली बजाकर कनीज़ को बुलाती हैं। कनीज़ आकर हाथ

बाँधकर खड़ी हो जाती है। हमीदा बानो उसकी ओर ध्यान नहीं देतीं। संयत स्वर में बात करती हैं मानो कनीज़ को सुना रही हों।)

चलिए आपने ख़बर दे दी अच्छा किया... पर ऐसी जल्दी भी क्या थी... अभी तो हज़रत बादशाह गुसल में होंगे... शाही हज्जाम आए हैं। ये ख़बर तो मैं उन्हें दे ही दूँगी। बाक़ी बातें नौबते दौलत के बाद आप खुद ही कर लीजिएगा।

तरदी बेग : बेहतर मलिका-ए-आलिया... बेहतर! नौबते दौलत के नक़्क़ारे का इंतज़ार करता हूँ... इजाज़त चाहूँगा... आदाब।

(अमीर तरदी बेग ख़ाँ का प्रस्थान।)

कनीज़ : बाँदी के लिए हुक्म मलिका-ए-आलिया...

हमीदा बानो : *(विनोदमय स्वर में)* जब से बादशाह सलामत लिखने-पढ़ने में मशगूल हुए हैं तुम लोगों को भी अपने फ़र्ज़ कुछ भूलते जा रहे हैं।

कनीज़ : *(घबराकर)* जान की अमान... बाँदी से फ़र्ज़ में क्या कोताही हुई?

हमीदा बानो : सूरज कहाँ का कहाँ पहुँच गया... बादशाह सलामत तैयार होकर बाहर आने वाले होंगे और मैं इसी बोसीदा लिबास में!

कनीज़ : सब सामान तैयार है मलिका-ए-आलिया... मैं हुक्म का इंतज़ार कर रही थी। तशरीफ़ लाएँ...

हमीदा बानो : *(तीखी नज़र से देखते हुए)* मेरी नज़र धोखा नहीं खा सकती... रात भर खड़ी रहकर तू थक गई है... आमना कहाँ है?

(करीने से ढँकी एक बड़ी-सी तश्तरी लिए आमना का प्रवेश।)

आमना : *(मुस्कराकर)* बाँदी हाज़िर है।

हमीदा बानो : *(विनोद से)* तो कौन से हमारे लिए हाज़िर है... हज़रत बादशाह की मुँह लगी कनीज़ ठहरी... सारा दिन तो उन्हीं की टहल में लगी रहती है।

(शाही हज्जाम छोटे कमरे के दरवाज़े से बाहर बड़े कमरे में आता है। दरवाज़ा अच्छी तरह बंद करता है।)

आमना : *(इतराकर)* आपके क़दमों का सदक़ा है मलिका-ए-आलिया... ये बादाम का शरबत और मुश्की सेब का मुरब्बा पहुँचाकर अभी हाज़िर हुई।

(जिस दरवाज़े को शाही हज्जाम ने बंद किया था उसे हौले से खोलकर आमना अंदर जाती है और दरवाज़ा बंद होता है।)

हमीदा बानो : *(कनीज़ से)* खड़ी-खड़ी क्या देख रही है... एक गिलौरी तो खिला... मुँह सूख-सा रहा है। *(शाही हज्जाम से)* सलीम मियाँ इतनी जल्दी कैसे... आप तो हज़रत बादशाह सलामत को बातों में खूब उलझा लेते हैं... *(उदास स्वर में)* आज आप भी...

शाही हज्जाम : बादशाह सलामत मसरूफ़ हैं... कुछ ठहर कर आने का हुक्म हुआ है मलिका-ए-आलिया।

हमीदा बानो : आजकल उनका मिज़ाज... *(ठहरकर कुछ सोचती हैं फिर कहती हैं)* कनपटी का ज़ख़्म तो भर चुका है पर सँभालकर ही हाथ चलाना पड़ता होगा।

(कनीज़ पीछे रखे पानदान में से चीज़ें चुनकर पान की गिलौरी तैयार कर रही है और बातें सुन रही है। बीच-बीच में कनखियों से कभी शाही हज्जाम को तो कभी हमीदा बानो को देख लेती है।)

शाही हज्जाम : *(कनीज़ को देख आँखें चमका कर)* हज़रत जहाँबानी रू-ब-रू हों तो हाथ खुद-ब-खुद सँभल जाते हैं... वैसे कौन सा ज़ख़्म है जो हमारे हज़रत बादशाह सलामत के जिस्म पर हरा रह सके!

हमीदा बानो : *(प्रसन्नता से)* इन अल्फ़ाज़ के लिए बादशाह सलामत आपको अशर्फ़ियों से तोल देंगे।

शाही हज्जाम : *(झुककर)* आपका करम... इजाज़त चाहता हूँ।

(शाही हज्जाम एक बार छोटे वाले कमरे के दरवाज़े को तो एक बार कनीज़ को देखता है। हमीदा बानो सिर हिलाकर इजाज़त देती हैं तो कमरे से रवाना होता है। कनीज़ तश्तरी में पान लेकर हमीदा बानो के सामने पेश होती है।)

हमीदा बानो : *(एकटक देखते हुए)* मेहनत कर-कर के ज़र्द हुई जा रही है... रख दे... जा अब आमना सँभाल लेगी।

(कनीज़ तश्तरी तिपाई पर रखती है। आदाब करके चली जाती है। कनीज़ के जाते ही माहौल में उदासी घिर आती है। हमीदा बानो एक साँस छोड़कर थकान से भरे अपने जिस्म को किसी तरह मसनद पर छोड़ देती हैं। आमना मानो कनीज़ के जाने के इंतज़ार में ही थी। वह दरवाज़े से बाहर आती है। दरवाज़ा बंद करती है और भारी क़दमों से हमीदा बानो के करीब आती हैं। आमना उदास व थकी हमीदा बानो के क़दमों में बैठकर उनके पैरों को सहलाती है।)

आमना : थक गई होंगी आप... सिर में थोड़ा बादाम रोगन मल दूँ?

हमीदा बानो : ये थकान जिस्म की हो तब न... पूरा वजूद इस थकान की गिरफ़्त में है। रूह काँप जाती है यह सोचकर कि कल क्या होगा!

आमना : कुछ लम्हों के लिए खुद को छोड़ दीजिए...

(उठ कर गावतकिया ठीक करने लगती है।)

कुछ देर आराम कर लीजिए।

(हमीदा बानो उसे बाँह से पकड़ कर बैठा देती हैं।)

मलिका-ए-आलिया!

हमीदा बानो : मलिका! छोड़ ये मलिका...

(हमीदा बानो मसनद से उतर कर आमना के साथ नीचे बैठ जाती हैं।)

एक बार हमीदा कहकर पुकार... हमीदा... जैसे बचपन में पुकारा करती थी।

आमना : *(घबराकर)* किसी ने देख लिया तो ग़ज़ब हो जाएगा!

हमीदा बानो : *(कहीं दूर खोते हुए)* ग़ज़ब? ग़ज़ब तो तब हुआ था... 18 बरस पहले हज़रत जहाँबानी बादशाह हुमायूँ पातर में... अपनी छोटी अम्मी दिलदार बेगम के यहाँ तशरीफ़ लाए थे। वहीं एक ज़नाना हुजूम में 14 बरस की ये हमीदा उनके इस्तिक़बाल के लिए खड़ी थी।

आमना : *(घबराए स्वर में हौले से)* पहले ऊपर बैठ लीजिए...
(हमीदा बानो अपने ख़यालों में डूबी हुई-सी उठकर खड़ी हो जाती हैं। फिर मंच पर कुछ आगे आ जाती हैं।)

हमीदा बानो : क्या घड़ी थी वो! उस हुजूम में बादशाह हुमायूँ को वह कमसिन हमीदा भा गई। दिलदार बेगम के ज़रिए फ़ौरन निकाह का पैग़ाम भिजवाया था।

आमना : *(खड़ी होकर)* हाँ भिजवाया था... और आपने इंकार कर दिया था। इस पर भी वो पैग़ाम भिजवाया जाता रहा!

हमीदा बानो : एक नहीं... दो नहीं... लगातार चालीस दिन!

आमना : हारकर दिलदार बेगम ने आपसे कहा था... किसी से तो निकाह करोगी, फिर बादशाह हुमायूँ से अच्छा कौन होगा?... और आप... याद है आपने क्या जवाब दिया था?
(हमीदा बानो उत्सुकता से आमना की ओर देखती हैं।)
कहा था... हाँ करूँगी... किसी से निकाह ज़रूर करूँगी... लेकिन उस शख़्स से जिस के गरीबान को अपने हाथों से छू सकूँ न कि ऐसे शख़्स से जो बादशाह हो और जिसका दामन थामने की हिम्मत भी न जुटा पाऊँ।

हमीदा बानो : *('हाँ' में सिर हिलाते हुए)* मगर दिलदार बेगम ने हार न मानी। हर रोज़ नए अंदाज़ से हमें और हमारे ख़ानदान को समझाने-बुझाने चली आती थीं। हर रोज़...

आमना : इस बीच क्या-क्या न हुआ! इस पैग़ाम से दिलदार बेगम के फ़रज़ंद और बादशाह हुमायूँ के बिरादर... हज़रत हिंदाल... बादशाह से नाराज़ हो गए।

हमीदा बानो : उस वक़्त उनका नाराज़ होना जायज़ था। हज़रत हिंदाल बादशाह के भाई थे तो क्या... हमारे वालिद उनके पीर मुर्शिद भी थे... इसलिए वो हमें बहन की नज़र से देखते थे।

आमना : *(व्यंग्य से हँस कर)* अच्छा हुआ आपकी अम्मी जान ने मुझे साथ वाली बनाकर आपके साथ ही रुख़सत कर दिया... इन मामलों में आप तब भी मासूम थीं और आज भी...
(हमीदा बानो पलट पर उसकी ओर अर्थपूर्ण नज़रों से देखती हैं।)

कौन समझ पाया कि हज़रत हिंदाल जिस दहलीज़ पर खुद ठिठके हुए थे वहाँ किसी और को क़दम कैसे बढ़ाने देते! वो क़दम चाहे बादशाह के ही क्यों न होते!

हमीदा बानो : *(चौंक कर)* क्या मतलब?

आमना : हज़रत हिंदाल खुद आप पर दिल रखते थे...

हमीदा बानो : आमना!

आमना : ठीक कह रही हूँ... उन्होंने आपके वालिद मीर बाबा दोस्त से तालीम हासिल की थी... आपकी उम्र को मद्दे नज़र रख ज़रा सब्र से काम ले रहे थे... उन्हें क्या मालूम था कि कोई और इतनी जल्दबाज़ी से काम लेगा... और कोई और भी नहीं... बादशाह सलामत खुद!

हमीदा बानो : क्या कह रही हो! हज़रत हिंदाल? पर... तुमने कभी इस का ज़िक्र तक न किया!

आमना : ज़िक्र तो हज़रत हिंदाल ने खुद अपने आप से भी न किया होगा... आप तो बच्ची थीं... आपके वालिद के पास खूब आया करते थे... आप भी आस-पास ही हुआ करती थीं... किस जब्र से नज़र बचा के आपको देखते थे... उनका अंदाज़ कहता था...

हमीदा बानो : मगर... ऐसा हममें क्या था? *(कहीं खो जाती हैं)* पर यही सवाल हमने किसी और से भी पूछा था एक दिन... हाँ पूछा था... तुझे याद है वो दिन? आज से क़रीब... यही कोई तेरह बरस पहले... हाँ तेरह ही रहे होंगे...

आमना : यानी शहज़ादे अकबर के जन्म के बाद?

हमीदा बानो : हाँ... तेरह नहीं तो साढ़े तेरह... वो कुछ ही माह का था। उन्हीं दिनों घुटनों चलना शुरू किया था मेरे लख़्तेजिगर ने... तभी एक दोपहर में हज़रत जहाँबानी अचानक हमसे मिलने चले आए। कोई सोच भी नहीं सकता था कि वो उस वक़्त आएँगे जबकि वो तो दरबारे ख़ास का वक़्त था।

आमना : अल्लाह! याद मत दिलाइए *(कानों को हाथ लगाती है)* कैसी अफ़रा-तफ़री मच गई थी *(नेपथ्य की ओर इशारा करके)* आप वहाँ थीं...

(हमीदा बानो नेपथ्य की ओर बढ़ती हैं।)

हमीदा बानो : *(जाते हुए)* ठीक कहती हो....हम वहीं थे।
(ओझल हो जाती हैं।)

आमना : और उस वक़्त बादशाह सलामत को आपके महल की ओर आते देखा तो मैं घबरा गई... *(मंच पर हड़बड़ाई-सी इधर-उधर चलकर)* और और... दौड़ती चली आई बदहवास-सी... आपको पुकारते *(पुकारने के अंदाज़ में)* मलिका-ए-आलिया...मलिका-ए-आलिया....

फ़्लैश बैक

(भीतर से हमीदा बानो एक शोख़ रंग का दुशाला ओढ़े आती हैं जो उन्हें युवा दिखा रहा है।)

हमीदा बानो : क्या हुआ? ये शोर क्यों मचा रखा है?

आमना : *(साँस फूला है)* मलिका-ए-आलिया...

हमीदा बानो : अरे क्या क़यामत आ गई?

आमना : नहीं बादशाह सलामत खुद!

हमीदा बानो : *(चौंक कर)* इस वक़्त! या खुदा... ख़ैरियत तो है? ये तो उनके दरबारे ख़ास का वक़्त है...

आमना : बस चले आ रहे हैं... कोई लम्हा जाता है... *(बादशाह हुमायूँ का प्रवेश जो अपेक्षाकृत युवा हैं। उनके हाथ में एक रत्नजड़ित अँगूठी है। पर उनके प्रवेश से पहले नेपथ्य से उनकी आवाज़ आती है – मलिका-ए-आलिया...। अमीना हड़बड़ाई-सी है। कोरनिश करती हुई प्रस्थान करती है।)*

हुमायूँ : *(उत्साहित स्वर में)* मलिका-ए-आलिया... बेगम जान.... लाइए दीजिए... कहाँ है आपका हाथ?

हमीदा बानो : आप इस वक़्त खुद चले आ रहे हैं?

हुमायूँ : दरबार में ही थे... बदख़्शाँ से एक जौहरी कुछ नायाब जवाहरात लाया है। हमें लगा ये हमारी जान के पास होना चाहिए... *(एक बार मुग्ध होकर हीरे की अँगूठी घुमाकर देखते हैं..)* हाथ बढ़ाइए... देखें तो सही आपकी इन नाज़ुक उँगलियों में कहीं यह हीरा पनाह पा सकता है या नहीं!
(हमीदा बानो दोनों हाथ झट पीछे छिपा लेती हैं।)

हमीदा बानो : पहले आप एक बात बताइए।

हुमायूँ : *(हैरान स्वर में)* बेगम!

हमीदा बानो : *(इठला कर)* हाथ तो तभी मिलेगा।

(हुमायूँ ठहर कर हमीदा बानो को देखते हैं।)

हुमायूँ : *(मुस्कराकर)* तो पूछिए...

हमीदा बानो : *(रूठने के अंदाज़ में)* जाइए नहीं पूछते।

हुमायूँ : *(उलझन भरे पर मधुर स्वर में)* ये क्या पहेलियाँ बुझा रही हैं... *(क़रीब आकर)* आपको हुआ क्या है?

हमीदा बानो : तो बताइए हममें ऐसा क्या है?

हुमायूँ : *(तंग करने के इरादे से भोला बनकर)* ऐसा? ऐसा क्या?

हमीदा बानो : *(शरारत भरे अंदाज़ में)* वही तो हम पूछ रहे हैं कि ऐसा क्या है!

हुमायूँ : वो तो बहुत पहले बताया था... क्या भूल गईं?

हमीदा बानो : क्या?

हुमायूँ : वो पहला पयाम...

जहाँ के शाह मुंतज़िर हुमा के साए के,
यहाँ ये इक हुमा तेरी पनाह माँगे है।

हमीदा बानो : शेरो शायरी तो आपको विरासत में मिली है... आप ये बताइए... पहले आपने इतने लोगों के बीच हमें... सिर्फ़ हमें निकाह के लिए चुना... फिर हमारे इंकार पर इंकार के बावजूद आप लगातार पैग़ाम भिजवाते रहे... और कम न ज़्यादा पूरे चालीस दिन तलक हमारी 'हाँ' का इंतज़ार किया।

हुमायूँ : हाँ भई खूब इंतज़ार करवाया आपने!

हमीदा बानो : अगर हम तब भी हाँ न करते तो?

हुमायूँ : तो हम और इंतज़ार करते।

हमीदा बानो : वही तो हम जानना चाहते हैं कि क्यों?

हुमायूँ : अब बेगम... इसमें क्यों और कैसे क्या! आप हमें पसंद आ गई थीं...

हमीदा बानो : अगर आपको हम इतना पसंद आ गए थे तो... तो आप बादशाह थे... एक शाही हुक्म जारी करके बुलवा सकते थे...

(हमीदा बानो जवाब के इंतज़ार में हुमायूँ को एकटक देखती हैं।)

हुमायूँ : शाही हुक्म से सिर्फ़ इंसान को बुलाया जा सकता है इक़रार को नहीं। हम आपके मुँह से हाँ सुनना चाहते थे। हमें अपने हरम की ज़ीनत नहीं अपने लख़्तेजिगर अकबर की माँ चाहिए थी। वो ऐसे ही आ सकती थी और ऐसे ही आई।

हमीदा बानो : *(गद्‌गद स्वर में)* ज़हे नसीब... अकबर जैसे हीरे से आपने मुझे नवाज़ा।

हुमायूँ : *(अँगूठी बढ़ाकर)* हुज़ूर यह हीरा भी आप ही की नज़र है...

हमीदा बानो : *(कुछ लजाकर प्रसन्न स्वर में)* तो पहनाइए।

(हमीदा बानो हाथ आगे बढ़ाती हैं तो हुमायूँ बहुत प्रेम से उन्हें अँगूठी पहनाते हैं।)

हुमायूँ : निखार आ गया हीरे में!

(हमीदा बानो लजा जाती हैं और अपनी उँगली में पहनाई गई अँगूठी को मोहित भाव से देखती हैं। फिर अँगूठी निकाल कर दूसरी उँगली में पहनकर देखती हैं। एक बार फिर अँगूठी निकालकर अन्य उँगलियों में पहन-पहन कर देखती हैं। जब एक उँगली में उन्हें वह जँच जाती है तो नज़र उठाकर हुमायूँ की ओर देखती हैं। पर उन्हें वहाँ नहीं पातीं। पलट कर पीछे देखती हैं। हुमायूँ उनके कमरे में रखे गुलाब के अर्क़ को शीशे के प्याले में डाल चुके हैं। उन्होंने अपनी जेब से एक पुड़िया भी निकाली है। उस पुड़िया में से अफ़ीम की गोलियाँ गुलाब के अर्क़ में डाल रहे हैं।)

हमीदा बानो : लीजिए...अब ये क्या?

हुमायूँ : आपकी नई अँगूठी का जश्न मना रहे हैं।

हमीदा बानो : अफ़ीम पीकर?

हुमायूँ : गला सूख रहा था बेगम।

हमीदा बानो : बातें मत बनाइए...ज़रा-सी फुर्सत मिलते ही आप न जाने कहाँ खोने का इंतज़ाम कर लेते हैं।

हुमायूँ : खोकर कहाँ जाएँगे...हर तरफ़ आप ही आप हैं। *(हमीदा बानो को आगोश में लेने के लिए आगे बढ़ते हैं पर वो पीछे हट जाती हैं।)*

हमीदा बानो : आपको नहीं लगता कि ये बुरी लत है?

हुमायूँ : *(हँसकर)* अब अच्छी है या बुरी...हमारी ज़िंदगी में तो शामिल है ही...(एक घूँट भरकर) क्या कहते हैं वो....शरीके हयात!

हमीदा बानो : *(गंभीर स्वर में)* इसे छोड़ क्यों नहीं देते?

हुमायूँ : *(प्याला ले बैठते हुए विनोद के साथ)* आपसे पहले वाली है...बल्कि सबसे पहली!

हमीदा बानो : हटिए भी! *(पास आकर बैठती हैं)* इसमें ऐसा क्या है?

हुमायूँ : अब बस भी कीजिए।

हमीदा बानो : नहीं पहले बताइए।

हुमायूँ : *(गंभीर और उदास स्वर में)* क्या बताएँ...हमेशा से अंदर ही अंदर एक खला-सी रही...एक बियाबान... उसी खला का साथ निभाती... चलती चली आई है ये हमारे साथ। *(प्याले को देखकर)* साथ-साथ! यूँ समझिए हमारी तन्हाइयों की हमराह है ये।

हमीदा बानो : क्या हमारे साथ रहते हुए भी तन्हाइयाँ बनी रहती हैं?

हुमायूँ : *(अचानक चेतकर)* नहीं बेगम...मेरा मतलब ये नहीं...

हमीदा बानो : *(बात काटकर)* अब जाने भी दीजिए...क्या हम जानते नहीं कि कुछ ग़लत लोगों का असर रहा था बचपन में और वहीं से ये लत... *(अचानक कुछ घबराकर)* नहीं मेरा मतलब हमने ऐसा सुना है......बस।

हुमायूँ : *(मसनद पर अधलेटा-सा होकर)* हाँ...लोग ऐसा कहते हैं...सुना है हमने भी मगर यक़ीन कीजिए ये आधा सच है पूरा नहीं।

हमीदा बानो : आधा सच?

हुमायूँ : *(दूर कहीं खोकर)* बचपन का वाक़या है...रहे होंगे हम 11-12 बरस के...अब्बा हुज़ूर के साथ कोह दमन की सैर कर रहे थे। अचानक कुछ दूर के तालाब में कुछ बतखें दिखाई दीं। हम

उनका खेल देखने को ज़रा-सा ठिठके तो अब्बा हुज़ूर ने देख लिया। फ़ौरन हाथ में तीर-कमान देकर कहा कि बाईं तरफ़ की सफ़ेद बतख़ पर निशाना साधो। उनके लिए यह हमारी तीर अंदाज़ी की मश्क थी। हमने निशाना साधा और तीर लगते ही एक दर्दनाक चीख के साथ वह बतख़ लहरों पर छटपटाने लगी।

(हुमायूँ दुख से खामोश हो जाते हैं।)

हमीदा बानो : *(हुमायूँ का हाथ सहलाकर)* फिर?

हुमायूँ : *(कुछ क्षण ख़ामोश रहने के बाद)* नीले पानी पर ख़ून की लाली...और तड़पती, फड़फड़ाती, छटपटाती वो बतख़...उसी तरह छटपटाती हुई वह किनारे की तरफ़ सरकी। मिट्टी पर पहुँची। उसी मिट्टी का तकिया किया और मिट्टी होने के लिए आख़िरी साँसें गिनने लगी।

हमीदा बानो : ओह 11-12 बरस की उम्र में इतनी शिद्दत से ऐसे वाक़्ये से दो-चार होना! आप कितना सोचते होंगे ना बचपन में भी!

हुमायूँ : सब तरफ़ से हमें बेहतरीन निशाने के लिए दाद मिल रही थी। हमारी हौसला अफ़ज़ाही की जा रही थी। अब्बा हुज़ूर हमें नाज़ से देख रहे थे मगर हम...*(अचानक चुप हो जाते हैं।)*

हमीदा बानो : आप?

हुमायूँ : हम उन सबसे कहीं अलग थे। हमें सिर्फ़ उस मासूम बतख़ की अधमुँदी आँखें दिखाई दे रही थीं जो हमसे पूछ रही थीं कि मुझ नाचीज़ ने तेरा क्या बिगाड़ा था शाहज़ादे? हमारा दिल दहल गया! तभी मिट्टी और खून में लथपथ उस बतख़ की जगह तीर से बिंधा छटपटाता वो शख़्स दिखाई दिया जिसे कुछ ही रोज़ पहले अब्बा हुज़ूर के एक वफ़ादार सिपाही ने इस शुबह पर मार दिया था कि वो उनके ख़िलाफ़ साज़िश कर रहा है। और अब्बा हुज़ूर ने उस वफ़ादार की तारीफ़ करते हुए उसे भी ऐसे ही नाज़ से देखा था।

हमीदा बानो : क्या पता वह शख़्स वाकई कोई साज़िश कर रहा हो...वर्ना अब्बा हुज़ूर...

हुमायूँ : *(बात काटकर)* बात वो नहीं है बेगम...बात वो नहीं है...

हमीदा बानो : *(उदास स्वर में)* तो?

हुमायूँ : हमारा दिल ये सोच कर डूबा जा रहा था कि मरते हुए वो शख़्स भी शायद इतना ही मजबूर, लाचार और अकेला रहा होगा। शायद सभी होते हों...

हमीदा बानो : उस उम्र में भी आपने ये सब सोचा!

हुमायूँ : उसके बाद हमारा जी उचट गया। इस वाक़ये का कई दिनों तक बहुत असर रहा हम पर। हम रातों में हड़बड़ा कर उठ बैठते थे। हमें हल्का-सा बुखार रहने लगा था।

हमीदा बानो : अल्लाह कितना तन्हा बचपन!

हुमायूँ : तभी कुछ बड़ी उम्र के दोस्तों ने एक दिन अफ़ीम पिलाई तो सुकून मिला। वो दिन और आज का दिन... *(प्याले को देखते हुए)* यहीं सुकून मिलता है।

हमीदा बानो : *(घायल स्वर में)* लेकिन हमारे आने के बाद भी कोई फ़र्क़ नहीं पड़ा! हम भी आपको सुकून नहीं दे सके!

हुमायूँ : *(अपनेपन से)* आइंदा कभी इससे *(प्याले की ओर इशारा करके)* अपना मुक़ाबला मत कीजिएगा। आप नहीं जानतीं आप हमारे लिए क्या हैं! आपसे हम दिल और दुनिया दोनों की बातें करते हैं।

(दरवाज़े पर आमना की दस्तक।)

आमना : बादशाह सलामत का जलाल बुलंद रहे... *(हुमायूँ और हमीदा बानो आमना की ओर देखते हैं।)* वज़ीरे आज़म ने बादशाह सलामत की हुज़ूर में दरख़्वास्त पेश की है कि हुक्म हो तो आज के लिए दरबारे ख़ास को बरख़ास्त किया जाए।

हुमायूँ : नहीं नहीं... ये नहीं हो सकता। बरख़ास्त नहीं...

हमीदा बानो : *(बात काटकर आमना से)* तुम भूल रही हो ये हमारी ख़्वाबगाह है। यहाँ हमारा हुक्म चलता है। *(हुमायूँ की ओर देखते हुए आमना से)* फ़रमान जारी किया जाए... बादशाह सलामत आराम फ़रमा रहे हैं।

हुमायूँ : *(विनोद के साथ)* मलिका-ए-आलिया का हुक्म सिर माथे पर! *(आमना नज़र बचाकर हल्का-सा मुस्कराती है। फिर कोरनिश करती हुई प्रस्थान करती है। हुमायूँ हमीदा बानो की तरफ़ हाथ बढ़ाते हैं।)*

तो फिर आइए ना...

(हमीदा बानो मुस्कराते हुए उनका हाथ थाम लेती हैं और सिर को उनके कंधे पर टिका देती हैं। हुमायूँ हाथ में थामी उनकी उँगलियों पर अपने होंठ रख देते हैं। दृश्य फ़्रीज़ हो जाता है।)

फ़्लैश बैक समाप्त

अंक
दो

(बाज़ार में एक दुकान के सामने का दृश्य। शाम का समय। नौबते मुराद का नक़्क़ारा बजता है जो विश्राम के समय की घोषणा है। यहाँ कुछ नागरिक खड़े हैं। लड़का जो दुकानदार का सेवक है नक़्क़ारे की आवाज़ सुन अपना काम छोड़कर खड़ा हो जाता है।)

लड़का : *(खुशी से चहक कर)* नौबते मुराद का नक़्क़ारा... नौबते मुराद...

युवक : *(लड़के से)* अबे तो कौन सा तेरी मुरादें पूरी होने के लिए बजा है जो चहक रहा है।

दुकानदार : बावला है बावला... रोज़ शाम इस नक़्क़ारे की आवाज़ पर ऐसे ही खुश होता है।

लड़का : *(सिर खुजलाते हुए)* नौबते मुराद तो काम से छुट्टी का एलान है...

दुकानदार : *(डपट कर)* चल-चल... काम से लग... *(मुँह बनाकर)* बड़ा आया... छुट्टी मनाने वाला... इस दुनिया में सबके लिए सब कुछ नहीं होता। बावला कहीं का...

प्रौढ़ : *(लड़के से)* सुन... ये क़िस्सा सुना है तूने?

लड़का : *(आश्चर्य से)* क़िस्सा!

प्रौढ़ : हाँ... एक अमीर के यहाँ एक बकरा और एक मुर्गा साथ-साथ पलते थे। एक शाम मुर्गा झूमता हुआ आया और बकरे से बोला— 'जब देखो मुँह लटकाए बैठे रहते हो। आज तो खुश हो लो।' बकरे ने पूछा— 'क्यों मियाँ आज क्या है?' मुर्गा बोला— 'लो बोलो... तुमने सुना नहीं... कल घर में खुशियाँ मनाई जाएँगी... बड़ा दस्तरख़ान लगेगा... दावत है।' इस पर बकरे ने अपने फ़लसफ़ाना अंदाज़ में कहा—

'दावत है तो क्या... तेरी और मेरी बोटियों के बल पर!'
तो वही मिसाल हुई... अब तू बता, तू मुर्गा है या बकरा?
(तभी दो फ़ौजियों का प्रवेश। वे आकर दुकान के पास विश्राम की अवस्था में बैठते हैं। फ़ौजी-1 अपना टोप ज़मीन पर पटकता है।)

लड़का : *(प्रौढ़ से)* क्या मतलब?

प्रौढ़ : *(हँसकर)* अजब ज़माना है... पहले क़िस्सा सुनाओ फिर मतलब भी समझाओ।

युवक : *(हँसकर लड़के को फ़ौजियों के पास जाने का इशारा करता है)* जा जुट जा... दावत है... दावत।

दुकानदार : *(फ़ौजी-1 से)* आदाब अर्ज़ है हुज़ूर... कुल्हड़ हाज़िर करता हूँ... *(लड़के को डपटकर)* होश कर... हाथ बढ़ा।
(लड़के को कुल्हड़ पकड़ाता है। लड़का कुल्हड़ लेकर फ़ौजी-1 के सामने पेश करता है।)

फ़ौजी-1 : अबे खाली दूध पकड़ाएगा... नानखताई तो ला...
(लड़का कुल्हड़ देकर जाने लगता है) और सुन... ले जा इसे भी... थोड़ी मलाई डाल के ला...
(लड़का कुल्हड़ वापस ले जाता है।)

युवक : *(फ़ौजी-1 से चुटकी लेते हुए)* सिपहसालार साहिब आजकल खाने-पीने पर काफ़ी ज़ोर है... लोहे का टोपा भी ज़मीन के हवाले!

फ़ौजी-1 : अरे जा तूने इन लोहे के टोपों को देखा ही क्या है! ऐसे ही एक टोपे ने हज़रत जहाँबानी की जान बचाई थी।

प्रौढ़ : *(उत्सुकता से)* हज़रत जहाँबानी हुमायूँ?
(लड़का कुल्हड़ और एक तश्तरी में नानखताई लेकर आता है और फ़ौजी-1 को पकड़ाता है।)

फ़ौजी-1 : जी... अपने हज़रत जहाँबानी।

प्रौढ़ : वो कैसे?

फ़ौजी-1 : *(फ़ौजी-2 से)* बता यार... तू बता इन्हें... *(फ़ौजी-1 फूँक मार-मार कर कुल्हड़ से दूध पीने लगता है।)*

फ़ौजी-2 : *(गर्व से)* अरे बड़ी पुरानी बात है... हज़रत जहाँबानी के भाई हज़रत अस्करी उनकी जान के पीछे पड़े थे। सो हज़रत जहाँबानी सिंध से ईरान की तरफ़ भागे। निहायत तकलीफ़देह सर्दी... रात-रात भर बर्फ़ की बारिश!

(प्रौढ़ अपना दुशाला सँभालकर ओढ़ता है और जिज्ञासावश फ़ौजी-2 के क़रीब आ बैठता है।)

भूख और सर्दी से बुरा हाल था। *(कुछ रुक कर)* बियाबान... दूर-दूर तक कोई नहीं... जिधर देखो बर्फ़ ही बर्फ़... सफ़ेद बर्फ़!

प्रौढ़ : तब?

फ़ौजी-2 : *(अपना टोप उठाकर)* तब हमारे जैसे एक फ़ौजी ने जैसे-तैसे करके ऐसे ही एक टोपे में घोड़े का गोश्त पकाकर हज़रत जहाँबानी को खिलाया था और उस जान लेवा सर्द रात में उन्हें भूख से बचाया था।

फ़ौजी-1 : *(दूध गटकते हुए)* सुन लिया मियाँ टोपे का कमाल!

प्रौढ़ : *(रहस्य भरे अंदाज़ में)* सुना है अबके भी जान पर बन आई थी... अब क्या हाल है?

फ़ौजी-2 : बसती दुनिया तक उनका इक़बाल बुलंद रहे... उन्हें क्या हो सकता है!

युवक : *(आँख मारकर)* मियाँ अभी तो तस्मे ढीले किए बैठे हो... ये ऊपरी बातें रहने दो... कई दिन से तो रिआया को दीदार भी नहीं हुए।

(तभी सामने से कनीज़ आती है और दुकान पर आकर रुकती है। सब उसकी ओर देखते हैं।)

कनीज़ : *(हुकूमत भरे अंदाज़ में)* नान तैयार है या बनाने में वक़्त लगेगा?

दुकानदार : हुक्म की देर है।

कनीज़ : तो इक्कीस नान बाँध देना।

युवक : *(कनीज़ की ओर इशारा कर प्रौढ़ से)* लगता है यहाँ भी आज बड़ा दस्तरख़ान बिछेगा... दावत है!

प्रौढ़ : *(दाँत पीस कर)* अहमक़ इंसान देखकर बात किया कर... मलिका-ए-आलिया की ख़ास कनीज़ है।

युवक : तो चचा *(फ़ौजी की ओर इशारा करके प्रौढ़ से)* उससे क्या सिर मार रहे हो *(कनीज़ की ओर इशारा करके)* इनसे पूछो ना।

प्रौढ़ : *(युवक की बात समझ कर कनीज़ से)* आप तो अशरफ़ मियाँ के घर से हैं?

(कनीज़ पलटकर देखती है।)

हमारे बचपन के यार हैं... क़िले में पहुँच गए तो क्या... अक्सर बातचीत...

कनीज़ : जी... जी... तस्लीम।

प्रौढ़ : क़िले में सब ख़ैरियत तो है?

कनीज़ : अल्ला का फ़ज़्ल है।

युवक : *(सिर खुजलाते हुए आगे आकर)* सुनने में आया है कि बादशाह सलामत...

प्रौढ़ : *(युवक को पीछे खींचकर उसकी बात सँभालते हुए)* यही कि हज़रत जहाँबानी पूरी तरह सेहतमंद नहीं हो पाए हैं। *(कनीज़ नान ले चुकी है।)*

कनीज़ : अल्ला ताला उन्हें नज़रेबद् से बचाए... अभी नाश्ता पहुँचाकर आ रही हूँ... सब काम बदस्तूर चल रहे हैं... शाही हज्जाम रोज़ हाज़िर होते हैं... *(राज़ बताने वाले अंदाज़ में)* हज़रत जहाँबानी आजकल ज़्यादातर वक़्त किताबख़ाने में किताबों की सोहबत में ही रहते हैं। कुछ लिखने में मसरूफ़ हैं...

प्रौढ़ : *(हल्के व्यंग्य व अविश्वास के साथ)* माशा अल्लाह... माशा अल्लाह!

कनीज़ : *(ज़रा आगे बढ़कर स्वगत)* ये लोग भी कितने वहमी और शक्की हैं... यहाँ बैठे-बैठे जाने क्या ताना-पूरी कर रहे हैं। *(तभी कुछ सोचकर)* पर एक बात है तो अजीब! ये आज तरदी बेग ने आते ही तख़लिया तो ऐसे किया जैसे मलिका-ए-आलिया की आरामगाह खुद उनकी आरामगाह हो और मैं उनकी अपनी कनीज़! मलिका-ए-आलिया के रहते उनकी इतनी हिम्मत! *(सिर को झटक कर)* बड़े लोगों की बड़ी बातें... मुझसे क्या मतलब!

(पार्श्व से नगाड़े की आवाज़ सुनकर सभी चौंकते हैं। फ़ौजी-1 अपना टोप सिर पर रखता है और दोनों सतर्क हो खड़े हो जाते हैं। सब शाही मुनादी सुनते हैं।)

मुनादीवाला : सुनो-सुनो-सुनो... सुलतान सलामत हज़रत जहाँबानी बादशाह नसीरुद्दीन मुहम्मद हुमायूँ मिर्ज़ा ने दीनपनाह के हर बाशिंदे के लिए अपनी नेक तमन्नाओं का इज़हार किया है। सुनो-सुनो-सुनो... ख़ासो आम पर यह ज़ाहिर किया

जाता है कि हज़रत जहाँबानी अपनी अज़ीज़ रिआया के जज़्बात का एहतेराम करते हुए पीर के रोज़ दोपहर में घोड़े पर जलवा अफ़रोज़ होकर दीनपनाह का दौरा करेंगे। दीनपनाह के बाशिंदे उनका दीदार करके सवाब हासिल करें। पीर के रोज़ दोपहर में... पीर के रोज़।

(एक ओर से कनीज़ का प्रस्थान और दूसरी ओर से मुनादीवाले का।)

फ़ौजी-1 : *(युवक से)* सुन लिया... अब तो चैन पड़ गया?

युवक : *(प्रौढ़ से)* चलो चचा... सब ख़ैरियत है... पीर के रोज़ अपनी आँखों से देख लेना। इसके साथ क्यों अपना दिमाग़ ख़राब कर रहे हो...

प्रौढ़ : *(चेहरा गंभीर बनाकर हल्के व्यंग्य भरे अंदाज़ में)* हाँ भई जब मुनादी करवा दी कि सब ख़ैरियत है तो मान लो कि ख़ैरियत है।

फ़ौजी-2 : ख़बरदार ज़बान को लगाम देना सीखो... अपने हो वर्ना इसी बात पर ज़बान काट कर हाथ में दे देता। हज़रत जहाँबानी का नमक खाया है...

प्रौढ़ : *(घबराकर)* अरे मियाँ क्या पिद्दी क्या पिद्दी का शोरबा... सब में चौं-चौं हो रही है... जो सुना था सो कह दिया... वर्ना हम क्या!

युवक : *(कंधे पर हाथ रखकर)* चलो चचा चलें... अपने काम-धंधे से लगें।

(प्रौढ़ व युवक का प्रस्थान।)

फ़ौजी-1 : *(फ़ौजी-2 से)* अच्छा जमाया... अक़्ल ठिकाने आ गई।

फ़ौजी-2 : हाँ... अहमक़... नमकहराम कहीं के...

फ़ौजी-1 : यार दूध भी ठंडा करा दिया...

(कुल्हड़ उठा कर देखने लगता है।)

फ़ौजी-2 : *(लड़के को पुकार कर)* लड़के... एक कुल्हड़ और ला... गरमा-गरम... अच्छी मलाई डाल कर।

अंक तीन

(हमीदा बानो अपने उसी बड़े कमरे में मसनद पर लेटी हैं और कनीज़ उनके पाँव दबा रही है। तभी शाही हज्जाम ज़ीने से उतरता दिखाई देता है। हमीदा बानो अपने पाँव कनीज़ की गिरफ़्त से छुड़ाकर सीधे बैठ जाती हैं। कनीज़ पाँव छोड़ वहीं खड़ी हो जाती है।)

हमीदा बानो : *(शाही हज्जाम से)* ये मुँह लटकाए क्यों चले आ रहे हैं आप?

शाही हज्जाम : अब क्या अर्ज़ करूँ मलिका-ए-आलिया... बादशाह सलामत...

हमीदा बानो : *(सतर्क होकर)* क्या हुआ?

शाही हज्जाम : *(हल्की परेशानी का स्वर)* हुज़ूर की तबीयत कुछ ग़ैर-ग़ैर सी है... न जाने किस सोच में डूबे हुए थे... सुबह आया था तो न मालिश करवाई न हजामत बनवाई... यह कहकर टाल दिया कि दोपहर में आना। अब दोबारा ख़िदमत में हाज़िर हुआ... उनके किताबख़ाने पहुँचा तो मसरूफ़ हैं... कुछ अफ़सुर्दा लग रहे हैं... परेशान से...

हमीदा बानो : न जाने क्या हो गया है... इतना दिमाग़ी काम करते हैं... उस पर जिस्म का कोई होश नहीं... आजकल दो बूँद तेल को भी राज़ी नहीं... बस काम-काम... ज़मीन से आसमान तक के रिश्ते कायम करते हैं... *(साँस छोड़ कर)* ये इल्म-ए-नजूम... एक-एक सितारे का हिसाब रखते हैं... और ऐसे में अपनों से क्या अपने से भी अलग हो जाते हैं।

(फिर कनीज़ को बनावटी क्रोध दिखाते हुए)

मरी तुझे भी बातें सुनने का बड़ा शौक़ है... यहाँ खड़ी क्या कर रही है... मज़ार पर जो चादर चढ़ानी है... जा उसके सलमे टाँक...

(फिर शाही हज्जाम से) जब जैसा मिज़ाज हो... कै दिन हो गए... खुद भले और किताबें भलीं!

(कनीज़ पीछे की ओर जाकर बैठती है और चादर में सलमें टाँकती है। आमना का प्रवेश। वह हमीदा बानो को बातें करता देखती है तो पास रखा एक नफ़ीस शाल ओढ़ाती है। हमीदा बानो उसे कृतज्ञता से एक नज़र देखती हैं।)

शाही हज्जाम : बजा फरमाया मलिका-ए-आलिया... सब मिज़ाज की बात है... कभी-कभी तो हज़रत जहाँबानी सिर झुकाए न जाने किस दुनिया में खोए रहते हैं... खड़ा रहता हूँ मैं इंतज़ार में कि सिर उठाएँ तो काम कुछ आगे बढ़े... और कभी घंटों बैठा कर जाने कब-कब के क़िस्से सुनाते हैं।

हमीदा बानो : *(आश्चर्य से)* क़िस्से!

शाही हज्जाम : जी हुज़ूर क़िस्से... *(स्वर में उत्साह)* हुज़ूर एक दिन तो पहली बार दाढ़ी पर उस्तरा चलाने का वाक़या सुनाने लगे। *(आमना भी वहीं खड़ी होकर प्रसन्न भाव से क़िस्सा सुनती है।)* हँस के बोले– 'हमारे अब्बा हुज़ूर न जाने किस ऐश की बात किया करते थे... यहाँ तो सारी ज़िंदगी हाथी-घोड़ों के बीच बीती... और तो और इस चुग़तई तुर्क की दाढ़ी पर पहली बार उस्तरा भी मैदाने जंग में रखा गया... शाहाबाद के मैदाने जंग में।' *(आवाज़ में उदासी)* फिर अचानक अफ़सुर्दा हो गए... बोले– 'जाने कैसी क़िस्मत लेकर आए हैं... हमारी जगह कोई दूसरा वली अहद होता तो इस मौक़े पर बड़ा जश्न होता...' *(क्षण भर ठहर कर)* उसके बाद हज़रत शाहज़ादे अकबर मियाँ को याद करने लगे।

हमीदा बानो : शाहज़ादे को!

शाही हज्जाम : जी... मलिका-ए-आलिया... बोले– 'वालिद बने तो यही किस्मत साथ रही। पहली बार बेटा होने की ख़बर मिली तो खुशख़बरी सुनकर तक़्सीम करने के लिए जेब में सिर्फ़ मुश्क कस्तूरी थी...'

हमीदा बानो : *(संजीदा स्वर में)* उन्होंने जो दिया बहुत सोच कर दिया... परवरदिगार वली अहद शाहज़ादे अकबर के नाम को मुश्क कस्तूरी की तरह हर सिम्त फैलाए।

शाही हज्जाम : शाहज़ादे अकबर तो उनकी साँसों में बसते हैं। जी कड़ा करके उन्हें यहाँ-वहाँ भेज तो देते हैं पर हर वक़्त किसी न किसी बहाने उन्हीं का ज़िक्र... कुछ रोज़ पहले की बात है। मैं आया तो हुक्म मिला कि इंतज़ार करो। आप शायद अंदर ही रही होंगी। बस मैं यहीं... मेरा मतलब वहीं... वो वहाँ *(छोटे कमरे की ओर जाता है। उसके दरवाज़े के बाहर खड़ा होकर)* ये यहाँ बैठा इंतज़ार कर रहा था कि ज़रा झपकी आ गई।

(प्रकाश शाही हज्जाम के साथ-साथ आकर छोटे कमरे के बाहर ही केंद्रित होता है। हमीदा बानो अब अँधेरे में हैं।)

फ़्लैश बैक

(शाही हज्जाम ज़मीन पर उकड़ूँ बैठा झपकी-सी लेता है। तभी हुमायूँ का प्रवेश। उसे झपकी लेता देख दबे पाँव आकर अपनी छड़ी से शाही हज्जाम के ज़मीन पर लटकते कुर्ते को ज़रा-सा उचका देते हैं जिससे शाही हज्जाम चौंक कर खड़ा हो जाता है।)

शाही हज्जाम : गुस्ताख़ी माफ़ बादशाह सलामत...

हुमायूँ : *(मुस्कराकर)* क्या हो रहा था?

शाही हज्जाम : बस हुज़ूर का इंतज़ार।

(हुमायूँ जाकर बैठते हैं। हज्जाम हाथ जोड़े पीछे-पीछे जाता है।)

हुमायूँ : बैठो।

(शाही हज्जाम फिर ज़मीन पर उकड़ूँ बैठने लगता है।) नीचे नहीं... यहाँ *(मूढ़े की ओर इशारा करके)* यहाँ बैठो।

शाही हज्जाम : हुज़ूर क्यों काँटों में घसीटते हैं! आप बादशाहे हिंद हैं...

हुमायूँ : *(विनोद के साथ)* हाँ हैं तो पर तुम्हारे सामने कहाँ शाही हज्जाम! जब भी आते हो किसी न किसी बहाने सिर से ताज उतरवा लेते हो!

शाही हज्जाम : *(हाथ जोड़कर)* हुज़ूर... हुज़ूर वो तो मेरा पेशा है।

हुमायूँ : क्या? बादशाहों के सिर से ताज उतरवा लेने का?

शाही हज्जाम : हुज़ूर गुस्ताख़ी माफ़... आज तो आप उतारने पर आमादा हैं।

(हुमायूँ कुछ देर खुलकर हँसते हैं।)

हुमायूँ : *(अचानक संजीदा होकर)* ऐसी बेलौस हँसी भी बस नियामत हो गई है। इस शाही ज़िंदगी में ये भी मयस्सर नहीं। अरे अब कहीं बैठ भी जाओ... *(शाही हज्जाम झट ज़मीन पर उकड़ूँ बैठता है।)*

हमारे अब्बा हुज़ूर ने तो न जाने कब से ठान ही लिया था कि हमें ही ताज पहनाएँगे। होश सँभालते ही इन शाही ज़ंजीरों में जकड़ दिया... एक मामूली-सा ख़त लिखिए तो उस पर जवाब में नसीहतों की बौछार हो जाती थी कि जिसे आगे चलकर बादशाह बनना हो उसकी लिखाई साफ़ होनी चाहिए। हमारे ख़त में हिज्जे सही करके वो ख़त वापस रवाना कर देते! *(कहीं खोकर)* तालीम पर कितना ज़ोर देते थे! शाही खज़ाने जीत कर लाते तो हमारे हिस्से में आतीं किताबें! मलावत में गाज़ी ख़ाँ का खज़ाना हाथ आया तो हमारे लिए उनके बेशकीमती किताबों के ज़खीरे से चुनिंदा किताबें भिजवाईं... हमारे लिए अलग... कामरान के लिए अलग... लेकिन... कैसी बदक़िस्मती है कि हम अपने लख़्तेजिगर अकबर के लिए वैसा कुछ न कर सके। हमारा अकबर इल्म से दूर रह गया... बहुत दूर! क्या वो हमारे ख़त... हमारी शायरी उस तरह कभी पढ़ पाएगा? नहीं... *(अचानक उत्साहित मगर रहस्यपूर्ण स्वर में)* लेकिन तुम्हें एक बात बताते हैं... हमने अकबर का ज़ायचा बड़े गौर से देखा है... उसके सितारों का हिसाब लगाया है... हमारा अकबर शहंशाहे हिंद होगा... *(तभी उदास होकर)* मगर अफ़सोस हर्फ़ों की इबारत पढ़ने के लिए वो दूसरों का मोहताज रहेगा।

शाही हज्जाम : *(खड़े होकर)* हुज़ूर आप सोचते बहुत हैं... लाइए सिर में थोड़ा बादाम रोगन की मालिश कर दूँ।

हुमायूँ : हाँ हाँ मालिश तो करोगे ही... पर एक ये भी अफ़सोस रहेगा कि एक उम्र तुमने हमारे साथ बिता दी लेकिन

इल्म के मामले में तुम भी कोरे ही रहे... पर इसका इंतज़ाम हमने सोच रखा है।

शाही हज्जाम : वो क्या हुज़ूर?

हुमायूँ : *(विनोद के साथ)* जीते जी नहीं पढ़ा पाए तो क्या मरने के बाद इत्मीनान से तुम्हें फ़ारसी, अरबी और तुर्की ज़बानें पढ़ाएँगे। फ़ारसी में शायरी करना भी बताएँगे।

शाही हज्जाम : *(हैरान होकर)* मरने के बाद!

हुमायूँ : दुनिया देखेगी... तुम्हें हमारे मकबरे के सहन में ही दफ़नाया जाएगा। ये हमारा हुक्म होगा।

शाही हज्जाम : *(अचकचाकर)* ताबेदार हूँ हुज़ूर!

हुमायूँ : *(स्वर में शैतानी)* तुम पास रहोगे तो फ़ायदा रहेगा! जब जी चाहेगा मालिश करवा लेंगे। हर वक़्त तरोताज़ा हालत में रहेंगे। कौन जाने किस वक़्त कौन सी हूर हम पर मेहरबान हो जाए! *(ज़ोरदार हँसी)*

शाही हज्जाम : *(हँसकर)* हुज़ूर आपका भी बस जवाब नहीं!

फ़्लेश बैक समाप्त

(प्रकाश हुमायूँ और शाही हज्जाम को छोड़कर वापस हमीदा बानो पर आता है जो खुलकर हँस रही हैं। फिर धीरे-धीरे प्रकाश सारे मंच को उद्भासित करता है। छोटे कमरे के बाहर शाही हज्जाम खड़ा मुस्करा रहा है। हुमायूँ वहाँ नहीं हैं।)

हमीदा बानो : *(हँसते हुए थक सी जाती है)* ओफ़... *(फिर शाही हज्जाम से)* अरे अब लौट भी आओ... क्या वहीं खड़े रहोगे? *(शाही हज्जाम लपक कर हमीदा बानो की ओर आकर ज़मीन पर उकड़ूँ बैठता है।)* आज आएँगे तो पूछूँगी... ये हूरों का क्या क़िस्सा है? उनके ख़्वाब कब से देखने लगे? *(दोनों फिर हँसते हैं।)*

शाही हज्जाम : बस वक़्त-वक़्त की बात होती है। मिज़ाज का भी क्या है। कभी माशा तो कभी तोला! कुछ रोज़ पहले की ही बात है...यहीं इसी दीनपनाह में...बादशाह सलामत का चेहरा मेरे हाथ में था और...

हमीदा बानो : और?

शाही हज्जाम : और ग़ज़ब हो गया!

हमीदा बानो : वो कैसे?

शाही हज्जाम : उनके दाएँ गाल पर दाढ़ी को गोलाई देने के लिए जो उस्तरा लगाया तो रूह काँप गई। उस्तरे की धार कुछ ज़्यादा बन गई थी। ख़ून के दो क़तरे चमक उठे। मेरे हाथ थरथरा गए। लगा कि आज उस्तरे की इसी धार से मेरा सिर क़लम करवा दिया जाएगा। मुँह से ज़बान ग़ायब... गला सूख गया।

हमीदा बानो : फिर?

शाही हज्जाम : बादशाह सलामत ने आईने में अपना चेहरा देखा और फिर मुझे... हल्का सा मुस्कराकर बोले – 'क्यों मियाँ कहाँ गुम हो? उस्तरे की ऐसी धार के साथ हाथों में इतनी ढील! क्या मुल्ला बेकसी का चेहरा समझ लिया था?' मैं पसीने-पसीने हो गया। हलक़ में एक गोला सा अटक लगा। न ऊपर आए न नीचे जाए। फिर कहा, 'जाओ पहले एक गिलास पानी पीकर आओ। हो जाता है कभी कभी! अरे तुम क्या हम भी उसे देखते हैं तो लगता है कि आईना देख रहे हैं।' अचानक संजीदा हो गए। बोले–'शक्ल एक-सी पर ज़िंदगियाँ अलग-अलग! हम उन्हें अपने सामने बर्दाश्त नहीं कर पाते हैं। पर क्या करें... आज वो मिलने आ रहे हैं।'

हमीदा बानो : हाँ उन हमशक्ल मुल्ला साहिब का तो ज़िक्र भी उन्हें नागवार था। एक बार हमने भी उनके हमशक्ल होने पर हैरानी-सी दिखाते हुए कुछ कहना चाहा तो बात को काट दिया। बोले–'ये मुल्ला बेकसी का क़िस्सा लेकर क्यों बैठ गई हैं आप? आपने तो उन्हें देखा है। अगर कहीं वो शाही लिबास में सामने आ जाएँ तो क्या उन्हें अपना हुमायूँ समझ लेंगी आप?' अल्लाह! हमने तो कानों को हाथ लगाकर तौबा की। वो दिन और आज का दिन! इन मुल्ला साहिब का नाम तक ख़ारिज कर दिया।

(तभी अचानक अमीर तरदी बेग ख़ाँ का प्रवेश।)

तरदी बेग : मलिका-ए-आलिया की ख़िदमत में हाज़िर होने की इजाज़त है?

(शाही हज्जाम झुककर सलाम करता है और फिर किनारे होकर प्रस्थान करता है। आमना का भी प्रस्थान।)

हमीदा बानो : *(खोई हुई-सी)* तशरीफ़ लाइए अमीर तरदी बेग... तशरीफ़ लाइए। *(कनीज़ से)* कुछ पेश किया जाए। *(कनीज़ जाने लगती है तो उसे पुकार कर)* सुन लोबान भी लेती आना। *(कनीज़ वहीं खड़ी रहती है।)*
जाती क्यों नहीं?

कनीज़ : गुस्ताख़ी माफ़ मलिका-ए-आलिया... लोबान तो मौजूद है। *(हमीदा बानो कोने में रखे लोबान की ओर देखती हैं।)*

हमीदा बानो : हाँ हाँ... मगर... ये नाकाफ़ी है। और लाओ।

कनीज़ : जो हुक्म।
(कनीज़ का प्रस्थान।)

हमीदा बानो : कहिए कलानौर की क्या ख़बर है? शाहज़ादा अकबर...

तरदी बेग : अभी ऐसी कोई ख़बर नहीं है कि कुछ कह सकूँ... पर जानता हूँ कि शाहज़ादे को सब कुछ बताना निहायत ज़रूरी है। अब उनकी उम्र का ख़याल न कर उन्हें साथ लेकर चलने में ही हमारी बेहतरी है।

हमीदा बानो : ये सब कैसे होगा...सोच-सोच कर मेरा दिल *(तभी अचानक दिल थाम लेती हैं। उन्हें दर्द-सा उठता महसूस होता है।)* अल्लाह...

तरदी बेग : *(घबराहट में पुकार कर)* कोई है? *(आस-पास नज़र दौड़ाते हैं। किसी को वहाँ न पाकर झट आगे बढ़ हमीदा बानो के साथ उनके तख़्त पर बैठकर उनके कंधे पकड़कर उन्हें सँभालते हैं।)*
मलिका-ए-आलिया... सँभालिए खुद को... कुछ ही दिन की बात है... ये वक़्त भी हम लोग जैसे-तैसे काट लेंगे। सब ठीक हो जाएगा...भरोसा कीजिए मुझ पर।

हमीदा बानो : हाँ तरदी बेग आप ही तो हैं...
(तभी कनीज़ का प्रवेश। वो ये सुन लेती है। तरदी बेग को तख़्त पर बैठा देख ठिठकती है।)

कनीज़ : *(तश्तरी बढ़ाकर)* कनीज़ तश्तरी पेश करती है।
(तरदी बेग झट से उठ जाते हैं। हमीदा बानो भी खुद को सँभालती हैं। तरदी बेग तश्तरी से एक इलायची उठा लेते

हैं। कनीज़ तश्तरी वहीं रख पीछे अपना काम करने लगती है। कान इन्हीं की ओर है।)

हमीदा बानो : आप बता रहे थे कि शाहज़ादा अकबर...?

तरदी बेग : *(कनीज़ को बैठा देख हमीदा बानो की बात सँभालते हुए)* ख़ैरियत है मलिका-ए-आलिया... सब ख़ैरियत है। माफ़ी चाहता हूँ... इस वक़्त मैं किसी दूसरे मसले पर मशविरा करने... मेरा मतलब हज़रत जहाँबानी से मशविरा लेने आया हूँ।

हमीदा बानो : *(सँभलकर)* सुबह से तो किताबों की सोहबत में हैं... ऊपर चले जाइए... किताबख़ाने में...

तरदी बेग : बेहतर।

(तरदी बेग ऊपर की ओर जाते हैं पर आधा ज़ीना चढ़कर ठिठकते हैं और वापस आ जाते हैं) सोचता हूँ मसरूफ़ हैं... *(उलझन भरे स्वर में)* चलिए जाने दीजिए... *(सँभलकर)* ज़रा सी आप ही रहनुमाई फ़रमाएँ...

हमीदा बानो : तशरीफ़ रखिए... कहिए... क्या कहना चाहते हैं?

तरदी बेग : जी अर्ज़ कर रहा था... जैसा कि आपको मालूम ही है... बादशाह सलामत हज़रत जहाँबानी के दौरे के बारे में मुनादी हो चुकी है। सेहतमंद होने के बाद वे पहली बार पीर के रोज़ घोड़े पर दीनपनाह का दौरा करने वाले हैं... मगर...

हमीदा बानो : मगर क्या... ख़ाँ साहिब?

तरदी बेग : अर्ज़ यह है कि... आज सुबह की बारिश से सर्दी ने कुछ ज़्यादा ज़ोर पकड़ लिया है... बाहर बर्फ़ीली हवाएँ चल रही हैं... कड़ाके की ठंड है... *(पसोपेश में पड़कर)* ऐसे में हज़रत जहाँबानी का इस तरह बाहर निकलना क्या मुनासिब होगा?

हमीदा बानो : मगर मुनादी की जा चुकी है... रिआया इंतज़ार करेगी।

(कनीज़ जो अब तक कनखियों से देख रही थी काम रोक कर बातें सुनने लगती है।)

तरदी बेग : हुज़ूर आप... मेरा मतलब बादशाह सलामत मुनासिब समझें तो एक और मुनादी करवाई जा सकती है... दो-तीन दिन मौसम का इंतज़ार किया जा सकता है। जुमेरात के दिन जब

मौसम कुछ खुल जाए तो दोपहर की नमाज़ के बाद बड़ी मस्जिद के मैदान में एक आम दरबार रखा जा सकता है।

हमीदा बानो : *(साँस-सी लेकर)* हाँ ये तो मामूली बात है... मैं उनसे बात कर लूँगी। आपका ख़याल दुरुस्त है... उनकी सेहत को देखते हुए यही मुनासिब होगा। जाइए मुनादी का हुक्म दीजिए।

तरदी बेग : बेहतर।

(अमीर तरदी बेग ख़ाँ का प्रस्थान। हमीदा बानो पलट कर कनीज़ की ओर देखती हैं। फिर उठकर आती हैं और उसके काम का मुआयना करती हैं।)

हमीदा बानो : बातों में ज़्यादा जी लगता है... किनारे पर सितारे हमवार नहीं लगे... *(हाथ में पकड़ी चादर वापस देते हुए)* चल छोड़... दोपहर ढलने को है। बादशाह सलामत के आराम का वक़्त होता जा रहा है। *(ऊपर देखकर)* अब आते ही होंगे।

(कनीज़ जल्दी-जल्दी चादर तह कर एक ओर रखती है। हमीदा बानो वापस आकर बैठती हैं और ज़रा सुस्ताने के अंदाज में आँखें मूँद लेती हैं। उनकी आँख बचाकर कनीज़ दबे क़दमों से ज़ीने की तरफ़ बढ़ती है। दो-तीन सीढ़ियाँ चढ़ती है कि हमीदा बानो की आवाज़ उसका जी दहला देती है।)

हमीदा बानो : *(कड़कदार आवाज़ में)* ए लड़की...उधर किधर?

कनीज़ : *(ठिठक कर काँपते स्वर में)* मलिका-ए-आलिया...

हमीदा बानो : इस गुस्ताख़ी की वजह?

कनीज़ : *(वापस आकर)* जान की अमान बख़्शें मलिका-ए-आलिया कनीज़ तो सिर्फ़...कनीज़ ने सोचा ऊपर से...मेरा मतलब ...बादशाह सलामत के नाश्ते के बर्तन...

हमीदा बानो : क्या ये तेरा काम है?

कनीज़ : वो...मैंने सोचा...आमना बी थक गई होंगी...ज़रा मदद

हमीदा बानो : तूने सोचा? अगर सोचा तो सोचना छोड़ दे...वर्ना...खाल खिंचवा दूँगी...समझी...

(कनीज़ पाँव पकड़ लेती है।)

कनीज़ : पहली गुस्ताख़ी है मलिका-ए-आलिया...पहली बार

हमीदा बानो : कहा न सोचना छोड़ दे। पहली है या दूसरी ये हम सोचेंगे...तू नहीं....सोचना तेरा काम नहीं है। समझी.... ख़बरदार जो आज से कभी कुछ सोचने की जुर्रत की!

कनीज़ : *(कान पकड़कर)* तौबा...मेरी तौबा....आज से कभी नहीं सोचूँगी...कुछ नहीं सोचूँगी...हरगिज़ नहीं...तौबा...मलिका-ए-आलिया...तौबा...

हमीदा बानो : खड़ी हो जा। *(कनीज़ खड़ी होती है।)* चल जा यहाँ से। *(कनीज़ जाने लगती है।)* सुन *(कनीज़ पलटकर देखती है।)* यहाँ आ *(कनीज़ आती है)* जल्दी गुलाब का अर्क़ पेश कर...

कनीज़ : जो हुक्म *(कनीज़ पीछे की ओर अलमारी की तरफ़ जाती है।)*

हमीदा बानो : *(खुद में खोकर मगर ऊँचे स्वर में)* आज अफ़ीम की ख़ुराक गुलाब के अर्क़ में मिलाकर हम खुद अपने हाथों से पेश करेंगे। बिना पूछे शाही मुनादी का हुक्म दे बैठे हैं...इस गुस्ताख़ी का खमियाज़ा तो भरना ही होगा।

(हमीदा बानो ज़ीने की ओर देखती हैं। फिर नीचे के बंद दरवाज़े को देखती हैं और उदास होने लगती हैं कि कनीज़ की आहट पाकर सतर्क हो जाती हैं। कनीज़ गुलाब का अर्क़ लाकर रखती है।)

ऐसे क्यों खड़ी है? मुस्करा...*(कनीज़ मुस्कराती है।)*

अब जा। याद रहे शाम की नमाज़ तक तख़लिया... *(कनीज़ जाने लगती है तो उसे टोक कर)* और सुन आमना से कहना दरवाज़े पर हाज़िर रहे।

(कनीज़ सिर झुकाकर चली जाती है। हमीदा बानो गुलाब के अर्क़ में अफ़ीम की गोलियाँ मिलाती हैं। फिर उसे गौर से देखती हैं। आँखों में आँसू भर आते हैं। ग़मगीन हो उठती हैं। उन पर एक जुनून-सा तारी होता है और वह प्याला उठाकर सारा अर्क़ एक घूँट में पी जाती हैं। अचानक उन्हें थकान घेर लेती है और प्याले के पास सिर रख कर वो मानो सोना चाहती हैं मगर मद्धम संगीत के साथ वो कहीं खो जाती हैं।)

याद है हमें वो सर्दी की मायूस शाम... ऐसा लगता है मानो कल ही की बात हो... हम यहीं बैठे थे...अचानक उनके क़दमों की आहट सुनी तो देखा...

(मंच पर ज़ीने से उतरते बादशाह हुमायूँ दिखाई देते हैं।)

हज़रत जहाँबानी एक हाथ में छड़ी और दूसरे हाथ में खुली किताब लिए ज़ीने से उतर रहे थे। आहिस्ता आहिस्ता... जाने

किन ख़यालों में गुम!

(किताबख़ाने के ज़ीने से एक खुली किताब लिए छड़ी के सहारे बादशाह हुमायूँ उतरते हैं। उतरकर सीधे दीवार के पास लगी अलमारी की तरफ़ जाते हैं। किताब बंद कर रखते हैं। अलमारी से कुछ निकाल कर काग़ज़ की पुड़िया-सी बनाते हैं।)

हम दबे पाँव उठे थे और... उन्हें चौंका दिया था। ऐसे...

(फ़्लैश बैक शुरू होता है। प्रसन्नचित्त हमीदा बानो फुर्ती से दबे पाँव हुमायूँ के पीछे से आती हैं और उन्हें चौंका देती हैं।)

फ़्लैश बैक

हमीदा बानो : *(चहक कर)* आप यहाँ चुपके-चुपके क्या कर रहे हैं?

हुमायूँ : *(चौंककर)* अरे बेगम... भई क्या कर रहे हैं... अपनी ख़ुराक तैयार कर रहे हैं।

हमीदा बानो : वही अफ़ीम की ख़ुराक?

हुमायूँ : *(संजीदा होकर)* हाँ हफ़्ते भर की ख़ुराक एक पुड़िया में रख लेते हैं। न सामने ज़्यादा होगी न खाई जाएगी।

हमीदा बानो : कितनी बार इल्तिजा कर चुके हैं...छोड़ क्यों नहीं देते?

हुमायूँ : *(पुड़िया बनाते हुए)* ये भी छूट जाएगी बेगम... *(ग़मगीन होकर)* सभी कुछ छूट जाएगा...

हमीदा बानो : *(बात को बदल कर शोख अंदाज़ में)* सब नशे छोड़ देंगे?

हुमायूँ : *(संकेत से अप्रभावित रहकर)* अब ऐसा नशा करेंगे जिसका सुरूर मरते दम तक साथ दे... इल्म का नशा... *(ऊपर को देखकर)* उसकी याद का नशा।

हमीदा बानो : *(संजीदा होकर)* आपको क्या होता जा रहा है?

हुमायूँ : ये तुम नहीं समझ पाओगी कि आधी से ज़्यादा ज़िंदगी किसी के कर्ज़ के तौर पर जीना क्या होता है... उसका दर्द क्या होता है... ये तुम नहीं समझ पाओगी।

हमीदा बानो : या ख़ुदा, कैसी बातें कर रहे हैं!

हुमायूँ : तुम्हें क्या मालूम ये जिस्मो-जाँ किसके सदक़े से साथ-साथ हैं... हुमायूँ तो तुम्हारे ज़िंदगी में दाखिल होने से पहले ही

दूसरी दुनिया में पहुँच गए होते... फ़िरदौस मकानी... हमारे अज़ीज़ अब्बा हुज़ूर के वो तीन तवाफ़ सारी दुनिया जानती है... जब हम ज़िंदगी और मौत के बीच झूल रहे थे...

हमीदा बानो : सुना तो हमने भी है कि एक बार आप इतने बीमार हुए कि गफ़लत की हालत में आपको इलाज के लिए आगरा ले जाया गया।

हुमायूँ : मीर साहब ने फ़रमाया था कि कोहेनूर से बीमार का सदक़ा उतार कर उसकी क़ीमत को ग़रीबों में तक़्सीम कर दिया जाए। कोहेनूर... वो सबसे क़ीमती तोहफ़ा जो हमने अब्बा हुज़ूर को दिया था। पर अब्बा हुज़ूर ने कहा अपने बच्चे के लिए कोहेनूर से क़ीमती हम खुद हैं। अपनी जान हम पर क़ुर्बान करके वे खुद न जाने कहाँ चले गए!

हमीदा बानो : छोड़िए इन बीती बातों को।

हुमायूँ : कैसे छोड़ दें बेगम, कैसे छोड़ दें... अपनी ज़िंदगी हमें तोहफ़े में दे गए अब्बा हुज़ूर... ये ज़िंदगी हमारी नहीं है... इस उधार की ज़िंदगी का बोझ कभी-कभी बर्दाश्त नहीं होता... इसीलिए चाह कर भी गुलाब के अर्क़ में घुला यह नशा नहीं छोड़ पाते... कभी सितारों की पनाह में जाते हैं तो कभी किताबों की ओट में सिर छिपा लेते हैं। एक बेगानापन सा घेरे रहता है... यहाँ अपना कुछ नहीं लगता... लगे भी कैसे जब ज़िंदगी तक अपनी नहीं।

हमीदा बानो : मेरे मोहसिन! कोई किसी की ख़्वाहिशात जी सकता है ज़िंदगी नहीं। आप अपने ज़हन से यह बात निकाल दीजिए। माना कि हम आपकी ज़िंदगी में बाद में आए पर आपके वालिद फ़िरदौस मकानी बाबर की बेटी... आपकी हमशीरा गुलबदन बेगम खुद वहाँ मौजूद थीं... और उनका कहना है कि आपके अब्बा हुज़ूर को ज़हर दे दिया गया था।

हुमायूँ : वो उस वक़्त बहुत छोटी थीं... महज़ आठ बरस की।

हमीदा बानो : जानते हैं पर ये बात उन्होंने घर के बुज़ुर्गों से ही सुनी होगी... वो तो आपकी अम्मी की ख़ास अज़ीज़ा थीं... हर

वक़्त उनसे सटी रहती थीं। फ़िरदौस मकानी बाबर की मौत का सबब अगर आपके सदक़े जाना होता तो तेज़ बुखार उन्हें घेरता... पेट की बीमारी नहीं... फिर क्यों भूलते हैं कि ये वाक़या आपके सेहतमंद होने के कई माह बाद हुआ था... आप अपने मन पर इतना बोझ क्यों रखते हैं... यह सही नहीं है... इसे मन से निकालिए।

हुमायूँ : क्या कहें हमीदा... अपनी तरह जीने का मौक़ा कभी दिया नहीं ज़िंदगी ने... उसकी लगाम हमेशा दूसरों के हाथ रही... हम सिर्फ़ कसी हुई ज़ीन पर रकाब में पैर डाले भागते रहे...

हमीदा बानो : *(कंधे पर हाथ रखकर)* हम समझते हैं... जानते हैं आपने कितनी मुश्किलात सही हैं।

हुमायूँ : ग़ालिबन अब्बा हुज़ूर को इस बात का अंदाज़ा था... कहीं दूर भी होते तो ख़त के ज़रिए बार-बार आगाह करते कि एक होने वाले बादशाह को अफ़सुर्दगी... अकेलापन ज़ेब नहीं देता... यक़ीन मानो मुझे हुकूमत का नशा कभी न था। ये मेरी नहीं उन्हीं की ख़्वाहिश थी... रही-सही कसर मेरे तीनों भाइयों ने पूरी कर दी... मुझे इस कदर हैरान-परेशान किया कि एक ज़िद्‌द के तहत मैं एक के बाद एक जंग लड़ता रहा, जीतता रहा, हारता रहा... *(कुछ ठहर कर साँस-सी लेते हुए)* आपसे दिल की बात कहें?

हमीदा बानो : *(क़रीब आकर)* कहिए ना...

हुमायूँ : अब एक ही तमन्ना बाक़ी है कि पूरे हिंदोस्तान की बादशाहत हासिल करके अपने जाँनशीं अकबर को सौग़ात में दे दूँ.... उसे हिंदोस्तान का बादशाह बना कर खुद सूफ़ी-दरवेशों में गुम हो जाऊँ...

हमीदा बानो : *(कानों पर हाथ रखकर)* या अल्लाह कैसी बात करते हैं... खुदा आपकी उम्र दराज़ करे... अभी तो आपको बहुत क़िले फ़तह करने हैं। अकबर मियाँ को उतना तजुर्बा कहाँ!

हुमायूँ : ज़िंदगी सब सिखा देती है। अल्लाह उसे क़ामयाबी दे... हमारी जैसी बदनसीबी नहीं... आह किस चाह से अब्बा हुज़ूर ने

हमारा नाम रखा होगा हुमायूँ... हुमायूँ... जिसके सिर पर से हुमा होकर गुज़र जाए... यानी क़िस्मतवर... हुमा खुशक़िस्मती लाने वाला एक ख़याली परिंदा... पर हम... हम फ़क़त नाम के हुमायूँ हैं... *(हाथ फैला कर)* ऐ परवरदिगार मुझ पर रहमत बरसा... मेरा अकबर असल में हुमायूँ बने... पूरे हिंदोस्तान का हुक्मराँ... सही मायने में क़िस्मतवर! ये हुमायूँ... बाबर का फरज़ंद हुमायूँ इस उधार की ज़िंदगी से सिर्फ़ ऐसे ही आज़ाद हो सकता है। *(घुटने टेक कर फ़रियाद की मुद्रा में)* जा हुमा मेरे अकबर के सिर पर साया कर... उसकी कमनसीबी मेरी झोली में डाल... मेरे नसीब की सारी खुशियाँ उसे अता कर...

हमीदा बानो : *(पास आकर बैठते हुए काँपते स्वर में)* बादशाह सलामत!

हुमायूँ : *(उठते हुए)* चलते हैं बेगम...कुछ थकान-सी महसूस हो रही है। *(हुमायूँ छड़ी टेकते हुए नीचे वाले कमरे में दाख़िल होते हैं और दरवाज़ा बंद कर लेते हैं। हमीदा बानो आकर .फ़्लैश बैक से पहले वाली जगह पर बैठती हैं। गावतकिये को हल्के से अपने आगोश में लेती हैं और .फ़्लैश बैक से पहले वाली मनःस्थिति में पहुँच जाती हैं।)*

फ़्लैश बैक समाप्त

(हमीदा बानो अचानक चौंकती हैं।)

हमीदा बानो : ...क्या कहा था उन्होंने? हँह... 'जा हुमा मेरे अकबर के सिर पर साया कर!' क्या हम अपनी हुमा किसी और को दे सकते हैं? जब मौत दे सकते हैं...ज़िंदगी दे सकते हैं... ज़िंदगी और मौत के बीच झूलते शख़्स को बदक़िस्मती से निजात दे सकते हैं तो फिर हुमा? हुमा क्यों नहीं? ऐ मेरे परवरदिगार अब तुझसे क्या माँगे! हमें सही राह दिखा और हुमा को वो तौफ़ीक़ दे कि साये के लिए खुद ही सही शख़्स तलाश ले।

अंक चार

(मिर्ज़ा साहिब का दौलतख़ाना जहाँ सय्यद साहिब और ख़्वाजा साहिब भी उपस्थित हैं। तीनों किसी गंभीर समस्या पर विचार-विमर्श कर रहे हैं।)

मिर्ज़ा : पानी सिर से ऊपर निकल रहा है ख़्वाजा साहिब... सब्र की भी हद होती है...कुछ करना होगा।

ख़्वाजा : आप बजा फ़रमाते हैं। मिर्ज़ा साहिब... है तो कुछ ऐसा ही!

सय्यद : हम अमीर-उमरा भी क़िले से दूर कर दिए गए हैं। जिनकी राय के बिना बादशाह सलामत एक क़दम आगे नहीं बढ़ाते थे उनका ये हश्र! वो आज ग़ैर हो गए! इतनी राज़दारी किसलिए?

मिर्ज़ा : हमारी बात छोड़िए सय्यद साहिब...*(ख़्वाजा साहिब की ओर इशारा कर)* इनका सोचिए। भई अपने ख़्वाजा साहिब एक मज़हबी शख़्सियत हैं... इन्होंने बादशाह सलामत से मिलने की ख़्वाहिश ज़ाहिर की तो इन्हें भी वक़्त न मिला!

सय्यद : समझ में नहीं आता... ये क्या हो रहा है! ख़्वाजा साहिब आप ही बताइए कि क्या ये मुनासिब है कि दीन-दुनिया को छोड़कर हज़रत बादशाह अपने किताबख़ाने में ही मसरूफ़ रहें?

ख़्वाजा : अगर ये हक़ीक़त है तो हरगिज़ मुनासिब नहीं। एक बादशाह को ये ज़ेब नहीं देता।

मिर्ज़ा : पहले भी ऐसे मौक़े आए हैं। कभी-कभी हमारे बादशाह सलामत को इल्मी फ़ितूर चढ़ता है पर इस बार... इस बार तो हद हो गई... इतने दिन!

सय्यद : मैं दिन गिन रहा हूँ... अंदाज़न तेरह-चौदह दिन... किस-किस का मुँह बंद करें? लोग तो पहले से ही बादशाह को सिरफिरा भी

कहते हैं। जब देखो किताबख़ाने में जा बैठते हैं...आसमान के सितारों से बातें करते हैं।

मिर्ज़ा : वो सब तो शौक़ की बातें हैं। उन्हें छोड़िए। सल्तनत का सोचिए... ऐसा मालूम पड़ता है कि दो-तीन लोगों के हाथों में पूरी सल्तनत की बागडोर है। एक है अमीर तरदी बेग... एक वो ख़बीस हज्जाम और एक मलिका-ए-आलिया की सिर चढ़ी आमना!

सय्यद : हालात ऐसे ही रहे तो वो दिन दूर नहीं जब हमें इन हज्जामों और ख़ादिमों की कोरनिश करनी पड़ेगी।

ख़्वाजा : लाहौल विला कुव्वत!

मिर्ज़ा : ऐसा हम हरगिज़ नहीं होने देंगे।

सय्यद : सूरते हाल बद से बदतर होती जा रही है। रिआया में बेचैनी बढ़ रही है। हमारी फ़ौज पस्तहाल है। फ़ौजियों की आँखों में सवाल दिखाई देना–मुल्क की बरबादी के आसार हैं।

मिर्ज़ा : ये सल्तनत तरदी बेग की मिल्कियत नहीं है कि जैसे चाहें चलाएँ। अब वो बचकर नहीं जा सकते। उनके नापाक इरादों को शिकस्त का मुँह देखना होगा।

सय्यद : ऐसा होगा मिर्ज़ा साहिब... ज़रूर होगा।

ख़्वाजा : पर समझ में नहीं आता कि माजरा क्या है!

मिर्ज़ा : यानी?

ख़्वाजा : एक जुमे के रोज़ सुनने में आया कि बादशाह सलामत की कनपटी पर जाने कैसे ज़रा-सी चोट लगी। हकीम साहिब का कहना था कि दो दिन बाद वो भले चंगे हो गए। उनकी चोट की ये ख़बर भी आप और हम जैसे कुछ ख़ास लोगों तक महदूद रखने की कोशिश की गई। उसके बाद उन हकीम साहिब का भी कोई सुराग नहीं! वो तो लगता है क़िले के ही होकर रह गए। तब से न वो घर पहुँचे न उन्हें किसी ने देखा।

मिर्ज़ा : अरे जाएँ जहन्नुम में...बादशाह सलामत की तबीयत को क्या होना था! माशा अल्लाह अभी तो पचास के भी नहीं हुए...पर एक बात समझ में नहीं आती कि ये उन्हें क्या सूझी कि

सेहतयाब होते ही बिना अपने अमीर उमरा से मिले अपनी किताबों में महव हो गए! ये बातें क़ाबिले यक़ीन नहीं।

ख़्वाजा : क़तई नहीं।

(तभी मिर्ज़ा साहिब और ख़्वाजा साहिब का ध्यान सय्यद साहिब की ओर जाता है जो एकाग्र होकर कुछ सोच रहे हैं।)

मिर्ज़ा : अरे भई सय्यद साहिब मसले को सुलझाने की कोई तरक़ीब हाथ आई क्या?

सय्यद : नहीं...मैं सोच रहा था...

ख़्वाजा : क्या?

सय्यद : शायद आपको मुझसे ज़्यादा मालूम हो... मैंने तो अपने अब्बा हुज़ूर से ही सुना था।

ख़्वाजा : किस बात का ज़िक्र है?

सय्यद : बादशाह सलामत के वालिद हज़रत पादशाह बाबर का जब आगरे में इंतकाल हुआ था.. वो वाक़या...

मिर्ज़ा : पादशाह बाबर का! क्या वाक़या?

सय्यद : तब उनके इंतकाल हो जाने को चार दिनों तक राज़ बनाकर रखा गया था। इस डर से कि कहीं शहर में क़त्लेआम न हो जाए।

मिर्ज़ा : कहना क्या चाहते हैं आप?

सय्यद : मेरे अब्बा हुज़ूर वहाँ मौजूद थे। उनका कहना था कि एक शख़्स को लाल जामा पहना कर हाथी पर बैठाकर सारे शहर में मुनादी करवा दी गई थी कि पादशाह बाबर दरवेश हो गए और सल्तनत हुमायूँ बादशाह की हुई।

मिर्ज़ा : हाँ... इंतकाल के बाद चार दिन तक पादशाह बाबर की मय्यत सियासती दाव-पेंच का मुँह देखती रही थी।

ख़्वाजा : और चारा भी क्या था... सुना है ये उनके वज़ीरे आज़म मुहम्मद ख़लीफ़ा की चाल थी। वो बादशाह हुमायूँ को पसंद नहीं करते थे। लिहाज़ा किसी और को गद्दी पर बैठाना चाहते थे।

सय्यद : तरदी बेग के इरादे भी नेक नहीं लगते।

मिर्ज़ा : मगर तरदी बेग बादशाह का वफ़ादार है। बरसों से उनकी ख़िदमत में है।

सय्यद : पादशाह बाबर के वज़ीरे आज़म मुहम्मद ख़लीफ़ा भी उनके साथ कम न ज़्यादा 35 बरस रहे थे। तो?

ख़्वाजा : यहाँ ऐसा हरगिज़ नहीं है...बाबर की मय्यत तो चार दिन रखी गई थी। चार दिन फिर किसी तरह निभाए जा सकते हैं। यहाँ तो अंदाज़न दो हफ़्ते होने को आए। इतने दिन कोई लाश कैसे रखी जा सकती है और किसी को कानों कान ख़बर न हो! नामुमकिन।

सय्यद : और कुछ लोगों का ये कहना कैसे नज़रअंदाज़ किया जा सकता है कि पादशाह बाबर की सौतेली अम्मी ने उन्हें ज़हर दे दिया था। वही ज़हर सारे बदन में फैलने से उनका इंतक़ाल हुआ।

मिर्ज़ा : आख़िर आप कहना क्या चाहते हैं?

सय्यद : वही जो कहने से आप परहेज़ कर रहे हैं।

ख़्वाजा : हम यहाँ पहेलियाँ बुझाने के लिए इकट्ठा नहीं हुए हैं।

सय्यद : पहेलियाँ मैं नहीं *(मिर्ज़ा की ओर संकेत कर)* ये बुझा रहे हैं। शक इन्हें भी यही है।

ख़्वाजा : क्या?

सय्यद : यही कि कहीं मलिका-ए-आलिया भी उन्हें कोई मीठा ज़हर तो नहीं दे रही हैं। धीमे-धीमे असर करने वाला...

ख़्वाजा : अब इसी वाहियात शुब्हे की कमी थी?

सय्यद : ये शुब्ह मेरा ही नहीं मिर्ज़ा साहिब का भी है। फ़र्क़ इतना है कि मेरी जुबान पर आ गया है। पूछिए इनसे... वर्ना इन्होंने कनीज़ को वरगलाकर बादशाह सलामत के दूध का जूठा प्याला लाने के लिए क्यों भेजा था?

मिर्ज़ा : आपको कैसे मालूम? यानी आप मुझ पर नज़र रखते हैं?

सय्यद : हालात ही ऐसे हैं। हमें होशियार रहना है। एक हाथ को दूसरे पर भरोसा न हो।

ख़्वाजा : कैसी बातें करते हैं... भरोसा नहीं तो हम लोग यहाँ क्यों हैं?

सय्यद : सल्तनत को इस साज़िश से बचाने के लिए। और ऐसे काम में अपने जासूसों पर भी शुब्ह होता है।

ख़्वाजा : मगर मलिका-ए-आलिया के लिए आप लोगों के दिमाग़ में ये... इतना गिरा हुआ ख़याल आया कैसे?

सय्यद : तो बताइए मलिका-ए आलिया के पास सिर्फ़ तरदी बेग को ही जाने की इजाज़त क्यों है? मलिका-ए- आलिया भी अपनी मदद के लिए हर वक़्त उन्हीं को क्यों याद फ़रमाती हैं? क्या इससे साफ़ ज़ाहिर नहीं?

ख़्वाजा : क्या?

सय्यद : कि तरदी बेग और मलिका-ए-आलिया मिले हुए हैं। ज़रूर दाल में कुछ काला है। अमीर बैरम ख़ाँ आँख का काँटा थे... उन्हें शाहज़ादे अकबर के साथ पहले ही दूर भेजा जा चुका है। अब किसका ख़ौफ़!

मिर्ज़ा : कनीज़ बता रही थी तरदी बेग आते ही तख़लिया का हुक्म कर देते हैं...जैसे वही महल के बादशाह हों। कल तो हद हो गई। सुना है तरदी बेग मलिका-ए-आलिया के साथ उनके तख़्त पर बैठे देखे गए।

ख़्वाजा : लाहौल विला कुव्वत! अब ये सब भी देखना होगा!

सय्यद : ये तो अब रोज़ की बातें होंगी... मिर्ज़ा साहब अब कनीज़ का दामन छोड़िए... वहाँ कुछ खास नहीं मिलेगा। उस कमबख़्त हज्जाम को पकड़िए... *(हँसता है)* हँ हँ हँ... कुछ समझ रहे हैं।

मिर्ज़ा : बादशाह सलामत उसे छोड़ें तो कोई पकड़े... आपको क्या लगता है मैंने कोशिश न की होगी?

ख़्वाजा : यानी?

मिर्ज़ा : हज्जाम को फोड़ने की कोशिश नाक़ामयाब रही। वो मुँह में दही जमाए बैठा है। बादशाह हुमायूँ की कोई बात करें तो उनकी कोई पुरानी दास्तान सुनाकर चल देता है। शाही हज्जाम है... उससे ज़ोर ज़बरदस्ती भी नहीं की जा सकती!

ख़्वाजा : इन लोगों पर वक़्त खराब करने से कुछ न होगा... आप तरदी बेग पर नज़र रखिए।

सय्यद : तरदी बेग ने क्या हज्जाम को भी अपनी तरफ़ कर लिया होगा? वर्ना वो तो बादशाह सलामत का वफ़ादार है। वही बता देता कि असलियत...

ख़्वाजा : असलियत?

सय्यद : असलियत वही होगी जो हमारे अंदर से आवाज़ आती है... रात दिन... रात दिन...

ख़्वाजा } मिर्ज़ा } : *(सय्यद को एकटक देखते हुए)* क्या?

सय्यद : हो न हो बादशाह सलामत को क़ैद कर लिया गया है... वहीं महल में...

ख़्वाजा : ये मुमकिन है।

मिर्ज़ा : तुम्हारे ख़याल में दम है वर्ना इतने दिन बादशाह सलामत के दीदार न होना... सभी अमीरों को महल से दूर रखना... और कोई वजह समझ में आती नहीं।

सय्यद : और इस सबमें इसी तरदी बेग का हाथ है।

मिर्ज़ा : बहुत चालाक शख़्स है... उसे रंगे हाथों पकड़ना होगा... रिआया को उसका असली चेहरा दिखाना होगा।

सय्यद : *(दृढ़ संकल्प के साथ)* तरदी बेग तुम्हारा वक़्त आ गया है... अपनी ख़ैर मनाओ...

(तभी दरबान का प्रवेश।)

दरबान : अमीर तरदी बेग ख़ाँ साहिब तशरीफ़ लाए हैं।

(सब हैरान होकर एक-दूसरे की ओर देखते हैं।)

मिर्ज़ा : उन्हें अंदर ले आओ।

(दरबान का प्रस्थान।)

सय्यद : गीदड़ की मौत आती है तो ....

मिर्ज़ा : ख़ामोश उसे कोई शुब्ह न होने पाए।

(तरदी बेग का प्रवेश।)

तरदी बेग : आदाब बजा लाता हूँ ख़्वाजा साहिब... *(सय्यद साहिब को देखकर)* सय्यद साहिब के यहाँ मिलने का अंदाज़ा तो था पर आप भी यहाँ तशरीफ़ रखते हैं! चलिए बहुत दिनों बाद मुलाक़ात हुई।

मिर्ज़ा : आइए तशरीफ़ रखिए!

(ख़्वाजा साहिब ख़ामोश रहते हैं।)

तरदी बेग : मुझसे कोई गुस्ताख़ी हुई ख़्वाजा साहिब?

मिर्ज़ा : *(अचकचाकर)* नहीं नहीं... आप तशरीफ़ रखिए... वो तो बस...

ख़्वाजा : नहीं बेग साहिब ऐसे ही कुछ अपने ख़यालों में मह्व था... ख़ास कुछ नहीं...

सय्यद : आप सुनाइए बेग साहिब.... कोई ख़ास ख़बर?

तरदी बेग : *(सय्यद को ठहर कर देखकर)* हाँ ख़ास तो है... बहुत दिनों से रिआया बादशाह सलामत के दीदार से महरूम होने की वजह से कुछ बेचैन है।

(मिर्ज़ा साहिब व सय्यद साहिब एक दूसरे को देखते हैं।)

लिहाज़ा फ़ैसला किया गया है कि जुमेरात के रोज़ बादशाह सलामत जल्वा अफ़रोज़ होंगे।

ख़्वाजा : *(खुश होकर)* ये बहुत नेक़ इरादा है।

(मिर्ज़ा साहिब और सय्यद साहिब संजीदा बने रहते हैं।)

तरदी बेग : ये तो बहुत पहले हो जाता पर मौसम को देखते हुए टलता गया।

सय्यद : जी हाँ सर्दी कुछ ज़्यादा है इस बार !

तरदी बेग : अब यह फ़ैसला किया गया है कि उस रोज़ दोपहर की नमाज़ के बाद महल वाली मस्जिद के मैदान में एक आम दरबार रखा जाए। नमाज़ के बाद बहुत ख़ल्क़त जमा होगी इसलिए कानूनो अमन का ख़ास ख़याल रखना होगा। सय्यद साहिब ये ज़िम्मा आपका होगा। मिर्ज़ा साहिब भी आपके साथ रहेंगे। नमाज़ के बाद बादशाह सलामत अपनी मुबारक गद्‌दी पर जल्वा अफ़रोज़ होंगे। रिआया उनके दीदार करेगी।

ख़्वाजा : माशा अल्लाह!

मिर्ज़ा : मैं सोच रहा था कि ऐसे में हमें महल में या महल के आस-पास तैनात रहना चाहिए।

तरदी बेग : नहीं नहीं आप उसकी फ़िक्र न कीजिए... मैं हूँ ना... वो ज़िम्मा मेरा होगा।

मिर्ज़ा : जी बजा फ़रमाया! महल के लिए तो आप हैं ही! कहिए क्या पेश किया जाए?

तरदी बेग : तकल्लुफ़ रहने दीजिए... महल के इंतज़ामात हमारे ख़ास आदमी देख रहे हैं। हम खुद बादशाह सलामत के साथ रहेंगे। *(सय्यद और मिर्ज़ा एक-दूसरे को कनखियों से देखते हैं। तरदी बेग माहौल में खिंचाव की बू महसूस करते हुए फ़ौरन जोड़ते हैं)* ऐसा खुद बादशाह सलामत का हुक्म है। *(माहौल की खामोशी से घबराकर)* मैं ज़रा जल्दी में हूँ...

मिर्ज़ा : शायद महल पहुँचना होगा!

तरदी बेग : *(उसे ठहरकर देखते हुए)* खुदा हाफ़िज़!

(तरदी बेग का प्रस्थान।)

मिर्ज़ा : (व्यंग्य से मुस्कराकर) बेग साहिब कुछ ज़्यादा ही जल्दी में हैं!

सय्यद : क्यों नहीं! इनकी 'जल्दी' का इंतज़ाम अब करना ही होगा।

मिर्ज़ा : बादशाह सलामत महल के छज्जे पर जल्वा अफ़रोज़ होंगे... तरदी बेग अपने ख़ास आदमियों के साथ महल और बादशाह सलामत का ख़याल रखेंगे... और हम? हमें ख़ल्क़त के लिए छोड़ दिया गया है।

सय्यद : हाँ...और इतने फ़ासले से क्या अंदाज़ा हो पाएगा कि छज्जे पर पोस्तीन के अंदर बादशाह सलामत के हाथ आज़ाद हैं या ज़ंजीरों में बँधे हुए!

ख़्वाजा : जहाँ इतना इंतज़ार किया वहाँ एक दिन और सही...

सय्यद : नहीं ख़्वाजा साहिब...बहुत हुआ। वक़्त आ गया है। बड़ा महलदार बना फिरता है ये तरदी बेग! इसकी साज़िश को बेनक़ाब करना होगा।

ख़्वाजा : और उस मलिका को भी देखना होगा। इस नमकहराम के साथ मिलकर क्या खेल खेल रही है...

सय्यद : *(आँखों में पक्का इरादा लेकर)* शेर को अब उसकी माँद में जाकर ही पकड़ना होगा।

मिर्ज़ा : *(ऊँचे स्वर में)* ख़ामोश! अब जुमलेबाज़ी का वक़्त नहीं...मियानें खाली करने का वक़्त आ गया है।

सय्यद : उसमें भी यहाँ कोई पीछे नहीं है। आधी फ़ौज मेरे इशारे का इंतज़ार कर रही है। फ़तह हमारी होगी।

(मिर्ज़ा सय्यद की ओर हाथ बढ़ाता है जिसे सय्यद थाम लेता है।)

मिर्ज़ा : इंशा अल्लाह...फ़तह हमारी होगी।

ख़्वाजा : आमीन!

सय्यद : *(संकल्प के साथ)* तलवार के साथ-साथ अक्ल भी चलानी है... सबसे पहले उस नामुराद हज्जाम को फोड़ना होगा...

(मिर्ज़ा और ख़्वाजा सय्यद को ग़ौर से देखते हैं।)

अंक पाँच

(शाम का समय। मस्जिद के सदर दरवाज़े से लोग नमाज़ पढ़कर बाहर आ रहे हैं। सिर पर अलग-अलग रंगों व नमूनों की टोपियाँ हैं। अधिकतर कंधों पर चौख़ाने के बड़े रूमाल हैं। इस हुजूम में प्रौढ़, नागरिक और युवक भी हैं।)

युवक : *(गले पर ऊनी मफ़लर ठीक से लपेटते हुए)* ये ज़ालिम हवा कान में तीर-सी लग रही है। इस बार का जाड़ा जानलेवा है।

प्रौढ़ : ज़रा-ज़रा सी बात पर जान लेने-देने की बातें करोगे तो कैसे चलेगा! मियाँ ज़रा कसरत किया करो...कभी-कभी अखाड़े की तरफ़ भी रुख़ किया जा सकता है...इस उम्र में ऐसी बातें... *(तभी उस हुजूम में से एक शहरी प्रौढ़ को देखकर आगे बढ़ता है।)*

शहरी : *(प्रौढ़ से)* सलाम वाले कुम चचा।

प्रौढ़ : वाले कुम सलाम।

शहरी : *(फुर्ती से पास आकर)* चचा... अब्बा आपको बहुत याद करते हैं। बहुत दिन से आप घर ही नहीं आए।

प्रौढ़ : हाँ...बस कुछ...

शहरी : जाड़ा पड़ रहा है ना...आजकल अब्बा का गठिया का दर्द उभर आया है...चल नहीं पाते हैं। आप किसी शाम को आइए ना...

प्रौढ़ : ज़रूर...ज़रूर...अपने अब्बा से हमारा सलाम कहिएगा। आज-कल में ही आता हूँ।

शहरी : चचा जान कल तो कल हो जाता है...आज ही आइए ना। आपसे मिलकर अब्बा बहुत खुश होंगे। वो बेचारे अब नमाज़ के लिए भी नहीं निकल पाते। और तो और आज दोपहर की नमाज़ में आने का मन था मगर कैसे!

प्रौढ़ : तुम थे दोपहर में?

शहरी : वल्लाह कैसे न रहता... अफ़वाहों से जान आजिज़ हो गई थी।

युवक : अफ़वाहें?

शहरी : हाँ भई... एक के बाद एक मुनादी... तमाशा ही बन गया था। कभी मौसम ख़राब तो घोड़े का दौरा रद्द... कभी सितारे अच्छे नहीं तो आम दरबार मुलतवी...

युवक : चलो आज यह क़िस्सा भी ख़त्म हुआ। अल्लाताला के करम से आज बादशाह सलामत के दीदार हुए।

शहरी : सुना है कल मलिका-ए-आलिया की तरफ़ से ख़ैरात बाँटी जाएगी... शाही हलुआ भी तक़्सीम होगा। *(चटखारा लेता है।)*

प्रौढ़ : शाही हलुआ खाकर तो सब्र आ जाएगा... एतबार हो जाएगा?

शहरी : चचा किस बात का?

प्रौढ़ : यही कि बादशाह सलामत चंगे हो गए हैं।

युवक : *(तैश में आकर)* अपने इन्हीं दीदों से देखा है... क्यों न होगा? और तुम भी तो थे वहाँ...

प्रौढ़ : *(व्यंग्य से)* वैसे बरख़ुरदार एक बात तो बताओ... कितनी बहारें देखी हैं?

युवक : क्या मतलब?

प्रौढ़ : तुमसे दुगनी ख़िज़ाएँ देख चुका हूँ... क़िले में भी कभी-कभी आता-जाता रहा हूँ...

युवक : *(सामने आकर खड़ा हो जाता है)* तो?

प्रौढ़ : तो कितने यक़ीन के साथ कह रहे हो कि देख लिया।

युवक : *(मज़ाक बनाते हुए हँसता है)* ज़ईफ़ी ने तुम्हें वहमी बना दिया है चचा जान... अरे सबने साथ ही तो उनके दीदार किए हैं दोपहर में।

शहरी : अरे भई सबके सामने बादशाह सलामत शाही महल के छज्जे पर तशरीफ़ लाए... अपनी मुबारक गद्दी पर हमेशा की तरह बैठे।

प्रौढ़ : हो सकता है तुम्हीं सही निकलो मगर...

युवक : ये मगर कैसा? क्या वो अपनी गद्दी पर नहीं बैठे थे?

प्रौढ़ : बैठे... ज़रूर बैठे... दरिया की तरफ़ रुख़ करके बैठे... सिर पर न जाने नक़ाब-सा क्या था... मगर रिआया इतनी अक्लमंद है कि इतने फ़ासले से... इतनी ऊँचाई से उन्हें पहचान लिया... हैं?

(युवक और शहरी सकपकाकर उसे देखते हैं। नागरिक घबराया सा है।)

ऐसे मौक़ों पर आँखों के साथ अक्ल के दरवाज़े भी खोले जाते हैं। समझे?

(नागरिक अचानक दूर से गश्त करते फ़ौजियों को देख लेता है।)

नागरिक : *(घबराकर)* मियाँ अपने दरवाज़े भी खोलिए और ज़रा दाएँ-बाएँ देख लीजिए... *(फ़ौजियों की ओर संकेत से दिखाकर)* लगाम खींचिए और क़दम बढ़ाइए।

(फ़ौजियों को देख तीनों वहाँ से तेज़ी से प्रस्थान करने लगते हैं।)

प्रौढ़ : *(चलते-चलते)* हाँ हाँ...दीदार हुए आज... हमारे हज़रत जहाँबानी सलामत रहें... सलामत रहें...

(तभी फ़ौजी नज़र से ओझल हो जाते हैं।)

नागरिक : चलिए भी।

प्रौढ़ : *(शहरी से)* बरखुरदार तुम चलो मैं आज ही...मतलब अभी आता हूँ।

शहरी : *(जाते हुए)* अच्छी बात है। मैं अब्बा को बताता हूँ। इंतज़ार रहेगा।

(शहरी का प्रस्थान। नागरिक प्रौढ़ को बाँह से पकड़कर शहरी से विपरीत दिशा में एक ओर ले जाता है। युवक भी जिज्ञासावश खिंचा चला आता है।)

नागरिक : चचा सीधे घर चलिए। आजकल यहाँ-वहाँ बैठने के दिन नहीं हैं।

प्रौढ़ : क्यों मियाँ आजकल ऐसा क्या हो गया है? वो फ़ौजी तो दफ़ा हुए।

नागरिक : नहीं मेरा मतलब...

युवक : हाँ हाँ...कहिए-कहिए...आपका मतलब?

नागरिक : आजकल फ़ज़ा कुछ अजीब-सी है।

युवक : यानी?

नागरिक : *(अचकचाकर)* यानी...कुछ नहीं...मतलब...मतलब...शबे बारात आने को है पर उसकी कोई सुगबुगाहट ही नहीं। चराग़ाँ का कोई इंतज़ाम नहीं।

युवक : क्यों मस्जिद में नहीं देखा? चट्टे के चट्टे लगे हुए थे चराग़ों के...कुम्हारों ने अपना काम शुरू कर दिया है। कटरों में औरतों के झुंड के झुंड धूप में बैठे घंटों रूई की बत्तियाँ बनाया करते हैं।

प्रौढ़ : *(विनोद के साथ)* और आपकी ताका-झाँकी भी शुरू हो गई लगती है...यानी इंतज़ाम जारी है!

नागरिक : पिछली बार याद है चचा अब तक मनों घी आ चुका था मस्जिद में...क्या मटके...क्या पीपे!

प्रौढ़ : ये सब तो गलियों की बातें हुईं। अब ज़रा सीधी सड़क पर आ जाओ। असल में क्या कह रहे थे?

नागरिक : *(हकबकाकर)* मैं? यही कि शबे बारात...

प्रौढ़ : देखो मियाँ बनाना किसी और को...जो कहना चाहते थे वो कहो।

नागरिक : मैं कुछ नहीं कह रहा...मुझे कुछ नहीं मालूम।

प्रौढ़ : तो किसे मालूम है?

नागरिक : परली गली के जानते हैं।

प्रौढ़ : क्या?

नागरिक : हाँ वही कह रहे हैं...

युवक : *(तैश में आकर)* अबे कुछ फूट भी... क्या कह रहे हैं? *(प्रौढ़ युवक को रोकता है। फिर नागरिक के कंधे पर हाथ रख संजीदा ढंग से उसे हिम्मत बँधाता है।)*

प्रौढ़ : बात क्या है? इतना गला दबा कर बात क्यों कर रहे हो? क्या कह रहे हैं?

नागरिक : वही जो अभी तुम भी...

प्रौढ़ : मैं? क्या?

नागरिक : वो लोग कह रहे हैं कि शाही महल के छज्जे पर जो बादशाह सलामत के दीदार हुए... वो... वो बादशाह सलामत...

प्रौढ़ : हाँ हाँ... बोलो...

नागरिक : वो बादशाह सलामत नहीं थे।

युवक : नहीं थे? तो कौन थे?

प्रौढ़ : *(स्वगत)* लगा तो मुझे भी ऐसा ही था... पर वो थे कौन?

नागरिक : *(हकलाकर)* वो... वो...

(तभी दूर से फ़ौजी क़दमों की आहट सुनाई देती है।)

युवक : *(फुसफुसाकर)* जल्दी बताना कौन था वो?

नागरिक : *(ज़ोर से मानो फ़ौजियों को सुना रहा हो)* अपने बादशाह सलामत... और कौन! *(घबरा कर)* सँभल के... लगता है फ़ौजी फिर इसी तरफ़ आ रहे हैं।

(तीनों सहम जाते हैं। प्रौढ़ सबको अपनी-अपनी राह लेने का इशारा करता है।)

प्रौढ़ : वही सुनो जो सुनाया जा रहा है... वही देखो जो दिखाया जा रहा है। *(तीनों धीरे-धीरे अलग-अलग दिशाओं की ओर लौटते हैं। जाते हुए उनकी आवाज़ सुनाई देती है।)*

युवक : *(ठंडे लहजे में)* वही सुनो जो सुनाया जा रहा है...

नागरिक वही देखो जो दिखाया जा रहा है।

प्रौढ़ : और वही कहो जो सुनाया और दिखाया जा रहा है।

(मंच के प्रस्थान-द्वारों की सीमाओं पर ठहर कर तीनों पलट कर देखते हैं।)

तीनों : सिर्फ़ वही! वही... वही... वही...

(तीनों का धीरे-धीरे प्रस्थान। गश्त करते हुए फ़ौजी आगे आ जाते हैं। सुनसान स्थान देख फ़ौजी-2 लम्बी साँस छोड़कर थकान उतारने बैठता है। अपना टोपा भी उतार कर एक ओर पटकता है।)

फ़ौजी-1 : सुन लिया? कुछ समझ रहे हो कि क्या माहौल है? रिआया में बेचैनी फैल रही है।

फ़ौजी-2 : तो साथ में हम बेचैन होकर क्या कर लेंगे? जब हुक्म होगा तो *(टोपे की ओर इशारा करते)* इसे पहन लेंगे... वर्ना धरा रहेगा।

फ़ौजी-1 : यार ये बता तुझे फ़ौज में दाख़िल किसने होने दिया! कुछ आस-पास की ख़बर है तुझे?

फ़ौजी-2 : ख़बर!

फ़ौजी-1 : पड़ोस के इलाके जो हमने अपना ख़ून बहाकर जीते थे... हाथ से निकलते नज़र आ रहे हैं। लुटेरे सिर उठा रहे हैं वहाँ। पर... पर यहाँ से कोई पुरअसर जवाबी कार्रवाई नहीं हो पा रही। क़िले के अंदर क्या हो रहा है? अमीर-उमरा जाते हैं और अपना-सा मुँह लेकर लौट आते हैं... अंदर का हाल किसी को मालूम नहीं।

फ़ौजी-2 : अबे तुझे क़िले की अंदरूनी बातों से क्या मतलब? हम ठहरे फ़ौजी... हमारा फ़र्ज़ है हुक्म की तामील करना। जब तक हुक्म नहीं हो रहा बैठकर चाहे तो कोरमा खाएँ। फिर हुक्म इसने दिया या उसने दिया... इससे हमें क्या मतलब!

फ़ौजी-1 : *(उसे घूरकर ताड़ते हुए)* यानी मन में तेरे भी खलबली मची है।

फ़ौजी-2 : बेशक़... इतनी अक़्ल तो मैं भी रखता हूँ। समझ रहा हूँ... हुकूमत पर से भरोसा उठ रहा है रिआया का... अफ़वाहों का बाज़ार गर्म है। देखा नहीं खुसुर-पुसुर चल रही थी।

फ़ौजी-1 : *(गुस्से से)* क्या कहते हो?

फ़ौजी-2 : उबाल खाने से कोई फ़ायदा नहीं... ऐसी बातें ठंडे दिमाग़ से सोची जाती हैं...

फ़ौजी-1 : कहना क्या चाहता है तू?

फ़ौजी-2 : मियाँ ये सियासत है... सियासत... इसकी चालें ऐसे ही चली जाती हैं।

फ़ौजी-1 : तो लोगों ने जो देखा वो क्या था?

फ़ौजी-2 : नज़र का धोखा!

(फ़ौजी-1 सक्ते में आकर उसे देखता है तो वह उसके कान के पास मुँह लाकर फुसफुसाता है) आज दोपहर की नमाज़ से मुल्ला बेकसी ग़ायब थे।

फ़ौजी-1 : *(ज़ोर से)* मुल्ला बेकसी ग़ायब थे! तो?

फ़ौजी-2 : *(डपट कर)* धीरे बोल।

फ़ौजी-1 : *(फुसफुसाकर)* तो उससे क्या?

फ़ौजी-2 : मुल्ला बेकसी बादशाह हुमायूँ का हमशक्ल है।

फ़ौजी-1 : *(कुछ समझ कर)* ओ! हमशक्ल!

फ़ौजी-2 : *(उदास व्यंग्य से)* शक्ल मिलती होगी पर क़िस्मत नहीं! हँह... मुल्ला बेकसी! जाने कौन बेकस है? मुल्ला बेकसी या वो... हुकूमत के लिए शेर की खाल में जो भूसा भरे बैठे हैं।

(फ़ौजी-1 का मुँह हैरानी से खुला रह जाता है। तभी चाय वाले का लड़का वहाँ से गुज़रता है।)

लड़का : हुज़ूर आप यहाँ! दुकान पर चलिए ना... आज तो ग़ज़ब की रूमाली रोटी और कबाब बने हैं... आप कहें तो यहीं पेश करूँ?

(फ़ौजी-1 ठगा सा देखता है। फ़ौजी-2 गुस्से में उठकर उसे मारने दौड़ता है।)

फ़ौजी-2 : ठहर साले... अभी निकालता हूँ तेरे कबाब और रूमाली रोटी!

लड़का : हुज़ूर... हुज़ूर...

(लड़का भाग खड़ा होता है।)

फ़ौजी-2 : *(कोफ़्त के साथ)* क्या ज़िंदगी है साली फ़ौज की! दिमाग़ का ढक्कन बंद कर के हुक्म की तामील करो। और जब वक़्त मिले तो कोरमे उड़ाओ।

फ़ौजी-1 : *(व्यंग्य से)* कोरमा ही क्यों? रूमाली रोटी और कबाब भी!

अंक छह

(हमीदा बानो बड़े कमरे में मसनद पर सोने की कोशिश कर रही हैं। उनकी बेआरामी प्रकट हो रही है क्योंकि उन्होंने कुछ ओढ़ा नहीं है। तभी आमना का प्रवेश। वह इत्रदान से पूरे कमरे में खूब अच्छी तरह से इत्र छिड़कती है। बीच-बीच में हमीदा बानो को देखती जाती है।)

हमीदा बानो : आ गई आमना...ज़रा ध्यान दो...रह-रहकर दरवाज़े पर यह दस्तक-सी क्या होती है?

आमना : कुछ भी तो नहीं है। मैं इत्र छिड़क रही हूँ। आप सो जाइए...

(आमना इत्र छिड़कने के बाद लोबान जलाती है।)

हमीदा बानो : तुम यहीं हो ना?

आमना : हाँ हाँ यहीं हूँ...लोबान जला रही हूँ।

हमीदा बानो : फिर कहीं ये ऊपर के किसी दरवाज़े की आवाज़ तो नहीं?

आमना : सर्द हवाएँ चल रही हैं...दरवाज़े तो सभी ठीक से बंद हैं।

हमीदा बानो : कौन सा पहर होगा? अभी सुबह होने में कितनी देर है?

आमना : *(माहौल के भारीपन को कम करने के लिए पास आती है और अधिकार भाव से बात करती है)* सुबह अभी दूर है... आप सो जाइए...मैं कहीं नहीं जाऊँगी...यहीं हूँ...किसी और को तो क्या सुबह को भी नहीं आने दूँगी...ठीक है? चलिए अब आँखे बंद कीजिए। शबा ख़ैर!

(फिर पास ही एक छोटी-सी दरी एक तरफ़ बिछाती है। अपना सिर अच्छी तरह ढँकती है। जेब से तस्बीह निकाल कर दरी पर बैठ आँखें बंद कर तस्बीह फेरने लगती है। हमीदा बानो करवट लेती हैं। फिर चौंक कर उठती हैं और टेक लगाकर बैठती हैं।)

हमीदा बानो : *(माथे का पसीना पोंछते हुए स्वगत)* उफ़ क्या मुश्किल है... ख़्वाब भी कैसी हक़ीक़त है! कभी आप इन्हीं ख़्वाबों के सहारे ज़ीने चढ़ते चले जाते हैं और कभी इनकी डोर से बँध कर ढेर हो जाते हैं। *(कुछ क्षण रुककर कहीं खोते हुए)* कितना ख़ौफ़नाक रहा होगा वह ख़्वाब जो उस रात हज़रत जहाँबानी ने देखा था... ऐसी ही एक ठिठुरती हुई रात थी... वो ऊपर थे किताबख़ाने में... तभी अचानक...
(ज़ीने की ओर देखती हैं। फिर टेक लगाए उस ओर देखते-देखते फिसलकर लेट जाती हैं और आँखें बंद कर लेती हैं। उन्हें एक गुज़री रात याद आती है। इसके साथ ही हुमायूँ और हमीदा बेगम की गुज़री एक रात का फ़्लैश बैक शुरू होता है।)

फ़्लैश बैक

(हमीदा बानो सो रही हैं। हुमायूँ ज़ीने से घबराए व परेशान से उतरते हैं। हाथ में छड़ी है। बाल बिखर से गए हैं। चेहरे पर भयाक्रांत होने का भाव है। आमना पर प्रकाश नहीं है और वह पूरे दृश्य से बेख़बर उसी तरह आँख बंद किए तस्बीह फेरती रहती है।)

हुमायूँ : *(उतरते हुए)* हमीदा... हमीदा... बेगम... हमीदा...

हमीदा बानो : *(चौंककर उठ बैठती हैं)* क्या हुआ... ख़ैरियत तो...

हुमायूँ : ओह... सारा जिस्म तर-ब-तर है...
(कुछ हाँफते हुए वहीं बैठ जाते हैं।)

हमीदा बानो : *(घबराकर)* किसी को बुलाएँ क्या?

हुमायूँ : नहीं... नहीं...

हमीदा बानो : *(झल्लाकर)* आप सुनते भी तो नहीं... आपका इंतज़ार करते-करते हम सो जाते हैं पर आप हैं कि किताबख़ाने से उतरने का नाम ही नहीं लेते।

हुमायूँ : पढ़ते-पढ़ते नींद का झोंका-सा आ गया था।

हमीदा बानो : तो आज फिर कोई हैबतनाक ख़्वाब देखा?

हुमायूँ : हाँ, वही पुराना ख़्वाब... *(कुछ क्षण ठहर कर भारी आवाज़ में)* एक ख़ौफ़नाक चेहरा... लंबा-चौड़ा जिस्म... हमारी तरफ़ बढ़ता उसका हाथ... जैसे... जैसे खुद मलकुल मौत का हाथ हो... वो हमें बालों से कस कर पकड़ लेता है और खींचता हुआ... घसीटता हुआ ले जाता है... हम रहम की भीख माँगते हैं पर वो एक नहीं सुनता... मलकुल मौत है... क्योंकर सुनेगा... खींच रहा है... बालों से पकड़ कर हमें खींचे लिए जा रहा है।

हमीदा बानो : *(हुमायूँ की बलाएँ लेकर)* खुदाया... हमारी उम्र भी आपको लग जाए...

हुमायूँ : पता नहीं आजकल हम यही एक ख़्वाब बार-बार क्यों देखते हैं! क्यों... क्यों पीछा करता है यह ख़्वाब हमारा?

हमीदा बानो : ये सब कुछ भी नहीं सिर्फ़ थकान है... आधी रात तक बैठे न जाने क्या-क्या पढ़ा करते हैं!

हुमायूँ : *(दुखी स्वर)* पढ़ें नहीं तो क्या करें? नींद का आँखों से रिश्ता ही क़ायम नहीं हो पाता... आँखें बंद करते हैं तो घबरा जाते हैं... घबरा जाते हैं ये सोच कर कि मक्का में आख़िरी साँस तक हमारे भाई कामरान ने ऐसी ही अँधेरी ज़िंदगी बिताई होगी... अँधेरा ही अँधेरा... कोई सूरत नहीं... कोई अक्स नहीं...

हमीदा बानो : जो बीत गया उसे क्यों बार-बार याद करते हैं?

हुमायूँ : *(पलटकर)* हमीदा... हमीदा... हम मजबूर थे... हमने आख़िर तक अपने अमीर उमरा से कहा कि कामरान को बख़्श दें... पर वो नहीं माने।

हमीदा बानो : *(गुस्से के साथ)* अमीरों की अपनी जान पर बन आई थी... कामरान ने ताज़िंदगी आपके साथ-साथ उन्हें भी परेशान किया था। जाने कितने बेक़सूर लोगों को अंधा किया था उसने!

हुमायूँ : कामरान के हर ज़ुल्म हर ज़्यादती को नज़रअंदाज़ किया हमने। हर बार अपने अब्बा मरहूम को दिया हुआ क़ौल निभाते हुए उसे माफ़ किया। हर बार। पर कब तक...

आख़िर में हम कुछ न कर पाए...आह! कैसा तड़पा होगा हमारा बिरादर उस वक़्त...उस दर्द और ख़ौफ़ के साए में...आह...

फ़्लैश बैक में फ़्लैश बैक

(मंच पर अँधेरा होता है और प्रकाश एक कोने की ओर प्रस्थान करता है जहाँ मिर्ज़ा कामरान को गिरफ़्तार कर रखा गया है। उसकी पहरेदारी के लिए नियुक्त आफ़ताबची जौहर भी वहाँ उपस्थित है। कामरान आतंकित है। ज़रा-ज़रा सी आहट पर चौंक उठता है।)

कामरान : *(दूर से आती आहट सुनकर)* वो आ गए...जौहर वो आ गए...*(फिर दौड़कर जौहर के पीछे हो जाता है।)*

जौहर : मिर्ज़ा...मिर्ज़ा...

कामरान : जौहर...जौहर क्या वो मेरी मौत का फ़रमान लाएँगे? बोलो जौहर क्या होगा?

जौहर : *(संजीदा स्वर में)* बादशाही के मिज़ाज को बादशाह ही जानता है।

कामरान : *(अपने भीतर के आतंक में डूबा हुआ)* नहीं...नहीं...ये नहीं हो सकता... पर वो आ रहे हैं... मेरी मौत का फ़रमान लेकर आ रहे हैं जौहर...उन्हें रोको...रोको...किसी तरह हमें बचा लो...हम तुम्हें जवाहरात में तौल देंगे...हम तुम्हें जागीरें देंगे...

(तभी तीन व्यक्तियों का प्रवेश। सबसे आगे अली दोस्त बारवेगी। उसके पीछे सईद मुहम्मद पकना और गुलाम अली शश अगुश्त हैं।)

अली दोस्त : जौहर सामने से हट जाओ।

(जौहर सामने से हटना चाहता है मगर कामरान उसे सख़्ती से पकड़े रहता है)

गुलाम अली : बीस साल... बीस साल से तुमने बादशाह सलामत की ज़िंदगी को अज़ाब बना रखा है। उन्होंने ताज़िंदगी किसी से जंग की तो वो तुम हो कामरान तुम... खुद उनके बिरादर।

सईद मुहम्मद : खुदग़र्ज़, धोखेबाज़...तू जब-जब हमारी गिरफ़्त में आया तूने मिन्नतें कीं...माफ़ी माँगी और बादशाह सलामत की नेकी ने तुझे माफ़ किया मगर तू नहीं बदला...कभी नहीं...

गुलाम अली : तू बादशाह हुमायूँ की बदक़िस्मती का जीता-जागता सबूत है। तूने उनकी ही नहीं हम सबकी ज़िंदगी भी दोज़ख बना दी है। जी चाहता है तेरी बोटी-बोटी करके...

कामरान : *(मुक्का तानकर आगे बढ़ते हुए)* ख़ामोश!

(अली दोस्त आगे बढ़कर कामरान की बाँह बीच में ही पकड़ लेता है।)

अली दोस्त : मिर्ज़ा सब्र करो। मौत का फ़रमान नहीं है।

(कामरान की मुट्ठी खुल जाती है। बाँह ढीली पड़ती है और अली दोस्त उसकी बाँह झटककर छोड़ देता है।)

कामरान : यानी?

(सब चुप रहते हैं।)

बोलते क्यों नहीं हो अली दोस्त... बोलो...

अली दोस्त : तुम जैसे दरिंदे रहम के लायक़ नहीं मगर बादशाह सलामत ने इस बार भी रहम फ़रमाया।

कामरान : *(खुश होकर)* यानी मैं...

अली दोस्त : नहीं...तुम्हें सज़ाए मौत से तो बरी कर दिया है पर...

कामरान : पर?

अली दोस्त : तुमने इतने क़हर ढाहे हैं कि सोचकर भी रूह काँप जाती है। बेक़सूरों को अंधा किया है इसलिए तुम्हें भी आज...

कामरान : *(चीखकर)* नहीं...

(कामरान फिर जौहर की आड़ लेता है।)

अली दोस्त : पकड़ो इस ज़ालिम को... इसके मुँह में कपड़ा ठूँसो। दोनों आँखों में नश्तर चुभो-चुभो कर आँखें फोड़ डालो।

(कामरान को घेरकर तीनों उसे लिटाते हैं। जौहर खड़ा सहम कर ये सब देखता है। फिर एक कामरान के घुटनों पर बैठ जाता है। दूसरा उसकी बाँह पर और अली दोस्त उसकी दूसरी बाँह पर बैठकर आँखों में नश्तर चुभाता है। कामरान अपने को छुड़ाने की कोशिश करता है।)

क्यों? बेगुनाहों को अंधा करता है...आँखें फोड़ता है उनकी... ले अब तू भी...

(कुछ देर कामरान व अन्य सेनाधिकारियों में संघर्ष जारी रहता है।)

जौहर : *(घबराकर)* क्या कर रहे हो अली दोस्त...उसकी आँखों से ख़ून...अली दोस्त ज़ख़्मी आँखों पर नींबू और नमक मत छिड़को...अली दोस्त

अली दोस्त : *(जौहर से)* जा आफ़ताबची तुझे किसने पहरेदार मुक़र्रर कर दिया... तू तो जाकर आबदान सँभाल... हाथ-वाथ धुला बादशाह सलामत के...

(आँखों पर हाथ रखकर जौहर मुँह दूसरी ओर मोड़ लेता है और वहाँ से निकल जाता है। तभी कामरान के मुँह में ठुँसा कपड़ा निकल जाता है।)

कामरान : *(कराहकर)* अल्लाह...या अल्लाह

अली दोस्त : *(नमक छिड़कते हुए)*ले... ले... और ले... और ले... *(सईद मुहम्मद खड़ा होकर क्रूर हँसी हँसता है। कराहें और क्रूर हँसी आपस में घुल-मिल जाती हैं।)*

फ़्लैश बैक में फ़्लैश बैक समाप्त

(प्रकाश वापस हुमायूँ और हमीदा बानो पर लौटता है जहाँ वे छोटे फ़्लैश बैक से पहले थे।)

हुमायूँ : *(आँखें बंद करता है मानो कामरान को अंधा बनाने का दृश्य देख लिया हो)* नहीं...नहीं...*(फिर हाथ उठाकर रोते हुए)* मेरे मौला मेरे गुनाहों को मुआफ़ कर!

(हमीदा बानो पास आकर सहानुभूति से कंधे पर हाथ रखती हैं। हुमायूँ अपनी ही बात में डूबे हुए हैं।)

आँखों की रोशनी छीन लिए जाने के बाद मक्का के लिए रवाना होते वक़्त आख़िरी बार उससे मिला था।

हमीदा बानो : कामरान आपके लिए एक अज़ाब था... फिर भी उस वक़्त आँखों पर पट्टी बाँध कर वो आपके सामने आया तो आप रो दिए थे। अपने उस भाई के दुख में रो दिए थे जो दरिंदा था... दरिंदा!

हुमायूँ : *(दुख में डूबा स्वर)* कैसा प्यारा शेर पढ़ा था उसने उस वक़्त... ओह कैसे भूलें उसे... या खुदा ये हमसे क्या हो गया!

हमीदा बानो : *(गंभीर स्वर में)* आप खुद से ज़्यादती कर रहे हैं...

हुमायूँ : बेगम दोज़ख़ की आग का तो तजुर्बा नहीं... पर इतना ज़रूर जानते हैं... इंसान के गुनाह उसका पीछा नहीं छोड़ते... और इसी हयात में उसे दोज़ख़ का मंज़र दिखा देते हैं।

हमीदा बानो : आपकी ज़िंदगी को दोज़ख़ बनाने में इन भाइयों का ही सबसे बड़ा हाथ है। अपने लख़्तेजिगर नन्हे से अकबर को ग़ैरों के पास छोड़कर आपके इन्हीं भाइयों की वजह से हम दर-दर भटके थे।

हुमायूँ : शायद आप ठीक कहती हैं... उसी का नतीजा है कि हम अपने अज़ीज़ फ़रज़ंद अकबर को वो सब न दे सके जो दे सकते थे... यहाँ तक कि इल्म का हुनर भी नहीं... *(दुख से उबरते हुए)* सब नसीब करवाता है... हम क़िस्मत ही ऐसी लेकर आए थे... इसमें किसी का क्या क़सूर... कोई अपना न हो सका... जिस पर यक़ीन किया उसी ने पीठ में खंजर भोंका... क्या अपने... क्या पराए... वर्ना क्या बिगाड़ा था हमारा मांडू की मासूम रिआया ने... तीन रोज़ क़त्लेआम करवाया हमने वहाँ... लगातार तीन रोज़... क़त्लेआम बेगम क़त्लेआम... *(पार्श्व से क़त्लेआम की चीख-पुकार जिसे सुनकर हुमायूँ कान बंद कर लेते हैं।)* एक जुनून सा तारी हो गया था... जुनून... सैकड़ों-हज़ारों बेगुनाह मारे गए!

हमीदा बानो : अब छोड़िए वो सब...

हुमायूँ : वो मंगल का रोज़ कैसे भूल सकते हैं हम... *(दूर कहीं खोते हुए)* उस रोज़ हमने खून के रंग के कपड़े पहने... लाल कपड़े और क़त्लेआम का हुक्म दिया... तीन रोज़ तलक मुग़ल फ़ौज मांडू की गलियों में खून की नदियाँ बहाती रही... खून की नदियाँ...

हमीदा बानो : *(हुमायूँ को इस मनस्थिति से निकालने की कोशिश करते)* तीन रोज़ याद रखे आपने और वो चौथा रोज़? मांडू के उसी नामुराद बाग़ी बहादुरशाह के दरबार का मौसीक़ार मंझू भूल

गए... जिसके फ़ारसी नग़्मे से मुतास्सिर होकर आपने लाल जामा बदल कर हरा पहना और फ़ौरन क़त्लेआम रुकवा दिया... फिर उस मंझू को अपनी रहमतों से लाद दिया।

हुमायूँ : *(उदास होकर)* पर उसका सिला? वो मंझू भी कुछ रोज़ बाद हमें छोड़कर फिर उसी बहादुरशाह से जा मिला। हमने ज़िंदगी में सब कुछ बर्दाश्त किया... लेकिन खुलूस के बदले बेवफ़ाई से हमें सख़्त नफ़रत रही है... सख़्त... अगर हमसे कोई ज़ुल्म हुआ तो इसी वजह से हुआ... हम ज़िंदगी भर जिसके हुए दिल-ओ-जाँ से हुए लेकिन उसका सिला मिला गद्दारी... बेवफ़ाई...

हमीदा बानो : मेरे मोहसिन!

(हुमायूँ कहीं खो जाते हैं। मंच पर बहुत आगे आते हैं और प्रकाश उन पर केंद्रित होता है।)

हुमायूँ : एक तरफ़ बेज़ारी दूसरी तरफ़ इतना ज़ुल्म! क्या था इसका सबब? क्या ख़बर हम ही एक साथ दो रास्तों पर चलते रहे...*(अपनी देह छूकर)* इस जिस्म को लोग हुमायूँ कहते हैं। हुमायूँ...कभी-कभी क्यों लगता है कि ये सिर्फ़ एक ख़ोल है ख़ोल! इस ख़ोल में न जाने कितनी बेगानी आरज़ुएँ...जाने कितनी हसरतें ठूँस-ठूँस कर भर दी गई हैं जिन्हें पूरा करते-करते एक जान थी जो झटपटाती रही। जैसे किसी ऊपरी असर में कोई क़दम बढ़ाता चला जाता हो। वो इरादे...वो फ़ैसले कभी अपने भी लगे पर थे ज़्यादातर पराए। पादशाह बाबर के। कौन हूँ मैं? हुमायूँ कि बाबर? या बाबर की अधूरी ख़्वाहिशों को पूरा करने वाला एक बेरूह पुतला? सिर्फ़ पुतला... बेरूह पुतला!

(हमीदा बानो उन्हें हैरान-परेशान सी सहम कर देख रही हैं।)

फ़्लैश बैक समाप्त

(मंच पर फ़्लैश बैक से पहले वाला वही पुराना दृश्य है। केवल हुमायूँ वहाँ नहीं हैं। आमना तस्बीह फेर रही है। फिर तस्बीह को चूम कर आँखों से लगाती है। फिर उसे जेब में डाल कर रख लेती है। प्रकाश अब हमीदा बानो पर भी आता है जो पहले की तरह मसनद पर हैं।)

आमना : *(उठते हुए)* तो आप नहीं सोईं फिर! मैं तो अब भी कहूँगी कि सो जाइए... *(हमीदा बानो उसे ठगी-सी देखती रहती हैं।)* अभी तो फ़जर की नमाज़ में वक़्त है... मैं वक़्त पर जगा दूँगी।

(हमीदा बानो बैठी रहती हैं। आमना कुछ क्षण उन्हें ठहर कर देखती है। फिर पास जाकर कंधे से पकड़ कर हौले से लिटा देती है। शाल ओढ़ाती है। पास रखा शमादान उठाकर दूर रख देती है जिससे हमीदा बानो पर रोशनी न पड़े और वह आराम से सो सकें। पर हमीदा बानो उठ बैठती हैं।)

हमीदा बानो : नहीं आमना नहीं... कुछ भी कर लो... इन आँखों में अब नींद कहाँ!

आमना : ऐसे आपकी तबीयत ख़राब हो जाएगी।

हमीदा बानो : ये क़िस्मत ने किस दोराहे पर ला खड़ा किया! क्या करें कुछ समझ नहीं आता... हम जो कर रहे हैं क्या ठीक कर रहे हैं... ये भी मालूम नहीं... ए परवरदिगार राह दिखा।

आमना : आपके पास अब कोई चारा नहीं है।

हमीदा बानो : ठीक कहती हो... पर अब हम थक चुके हैं... दिल और दिमाग़ दोनों से थक चुके हैं।

आमना : अभी रात ही है... ये सब नहीं... बस नींद का ख़याल कीजिए... *(कंधों से पकड़ कर उठाते हुए)* चलिए चलिए यहाँ से चलिए... अंदर चलकर कुछ आराम कर लीजिए।

हमीदा बानो : अंदर-बाहर से अब फ़र्क़ नहीं पड़ता। अब कहीं जी नहीं लगता। अजीब कैफ़ियत है ये!

(आमना हमीदा बानो को अंदर ले जाती है। दूसरी ओर से क़दम सँभालकर रखते हुए तरदी बेग का प्रवेश।)

तरदी बेग : *(ज़रा धीमे स्वर में पुकार कर)* मलिका-ए-आलिया...

(आमना अंदर से आती है।)

आमना : अहले दौलत हज़रत ख़ाँ साहिब आप। इस वक़्त!

तरदी बेग : मलिका-ए-आलिया कहाँ हैं?

आमना : अंदर आराम फ़रमा रही हैं। बड़ी मुश्किल से मानी हैं। अभी... बस अभी पहुँचा कर आ रही हूँ।

तरदी बेग : ख़ैरियत तो है?

आमना : हाँ... मगर अभी तो पौ फटने में भी वक़्त है।

तरदी बेग : जानते हैं हम... तभी तो चले आए। (इधर-उधर नज़र दौड़ा कर) कनीज़ कहाँ है?

आमना : कोई लम्हा जाता है। पौ फटते ही आ जाएगी।

तरदी बेग : रोशनी में बार-बार यहाँ आना अब मुनासिब नहीं। ख़तरों को कब तक टाला जा सकता है!

आमना : समझती हूँ... शायद मलिका-ए-आलिया को भी आप ही का इंतज़ार रहा हो। एक लम्हा आँख नहीं मूँदी उन्होंने।

तरदी बेग : ऐसे तो उनकी सेहत बिगड़ जाएगी...तुम उन्हें समझाओ... कुछ ही दिन की तो बात है। फिर ख़ुदा ने चाहा तो उन्हें काबुल ले चलेंगे। अब उन्हें वहीं नींद आएगी।

आमना : मेरे समझाने से अब कहाँ समझती हैं वो... हकीम साहिब भी समझा गए हैं। पर उनकी दवा को भी हाथ नहीं लगाया। बस एक ही रट है – तरदी बेग को बुलाओ... तरदी बेग को बुलाओ।

(तरदी बेग उसे ठहर कर देखते हैं तो वह अचकचा जाती है। फिर सँभलकर इ़ज़्ज़त से उनका नाम लेती है।)

गुस्ताख़ी माफ़... मेरा मतलब था अहले दौलत हज़रत ख़ाँ साहिब अमीर तरदी बेग।

(तभी भीतर से थके भारी क़दमों से हमीदा बानो बाहर आती हैं। उन्हें देखते ही तरदी बेग आदाब अर्ज़ करते हैं जिस पर हमीदा बानो कोई ध्यान नहीं देतीं।)

हमीदा बानो : *(शून्य में देखते हुए)* बैठ जाइए अमीर तरदी बेग... बैठ जाइए। दिन-रात आप ही का इंतज़ार रहता है।

(तरदी बेग बैठते हैं।)

तरदी बेग : जब हुक्म होगा चले आएँगे... भला हम कहाँ चले जाएँगे!

हमीदा बानो : इस वक़्त कैसे?

तरदी बेग : जाने क्यों लगा आपके पास चलूँ!

हमीदा बानो : अच्छा किया चले आए... जी अब कहीं लगता नहीं... और ये बात भी हम बस आप ही से कह सकते हैं।

तरदी बेग : हम समझ सकते हैं। *(बात बदल कर)* हज़रत शाहज़ादे भी कुछ ज़्यादा ही दूर निकल गए... पंजाब के हालात ही कुछ ऐसे थे कि मजबूरन भेजना पड़ा वर्ना... हज़रत जहाँबानी भी बहाने-बहाने से उन्हें याद फ़रमाया करते। हज़रत शाहज़ादे की याद में तबीयत भी कुछ उखड़ी-उखड़ी सी रहती।

हमीदा बानो : पर आप जानते हैं हमारा उखड़ापन शाहज़ादे की वजह से नहीं। हज़रत जहाँबानी तो ख़ैर शुरू से शाहज़ादे अकबर पर जान छिड़कते आए हैं।

तरदी बेग : उनके पंजाब जाने के बाद से पीरों-दरवेशों के चक्कर काटने लगे। जी उचाट-सा रहता... आपको तो याद होगा... कुछ माह पहले एक हफ़्ते के लिए खुद को किताबख़ाने में क़ैद कर लिया था... *(गंभीर होकर)* फिर एक दिन मुझे बुलाकर बोले– 'ये लो ये रहा हमारे मक़बरे का नक़्शा... हम न रहें तो इसी नमूने का मक़बरा होना चाहिए... हुमायूँ का मक़बरा।' फिर हँस पड़े... बोले– 'मियाँ चाहे बादशाह की ही क़िस्मत पाई हो लेकिन अपनी मौत को कोई नहीं देख सकता... लिहाज़ा पेशगी मक़बरे का नक़्शा बना लिया है।'

हमीदा बानो : *(कहीं खोकर)* हाँ नहीं देख पाते हैं अपनी मौत... जिस्मानी मौत... पर रूहानी?

तरदी बेग : *(एक क्षण ठिठकते हैं फिर बात को बदलते हुए)* अजीब तबीयत पाई थी... *(हँसकर)* उस जुमेरात को फ़ौरन आने का पैग़ाम भेजा। मैं हाज़िर हुआ तो देखा कि हज़रत जहाँबानी आईने के सामने खड़े हैं... निहायत मामूली लिबास और सिर पर एक बेतुकी-सी दस्तार...

हमीदा बानो : *(आश्चर्य से)* क्या!

तरदी बेग : हाँ मलिका-ए-आलिया... मैं हकबका गया तो हँसकर बोले– 'क्यों तरदी बेग... न दुआ न सलाम... क्या रोज़ शाही लिबास को ही कोरनिश किया करते थे?'

(हमीदा बानो भी मुस्करा देती हैं।)

फिर मुझे एक दुशाला दिया और बोले– 'इसे ओढ़ लीजिए और ये कामदार टोपी यहीं रख दीजिए।' फिर बिना किसी सिपाही को साथ लिए मुझे पीर बाबा के पास ले गए... दरगाह पर... वही सब्ज़ बुर्ज़ वाले पीर बाबा...

हमीदा बानो : *(हैरानी से)* मामूली लिबास में दरगाह पर... पीर बाबा के पास!

तरदी बेग : जी दरगाह पर... पीर बाबा के पास... अजीब घड़ियाँ थीं वो...

फ़्लेश बेक

(एक दरगाह जहाँ पीर बाबा बैठे हैं। उनके सामने एक व्यक्ति व एक किशोर है। किशोर पीर बाबा के कदमों में सिर रखे बैठा है। पीर बाबा भक्ति रस में डूबे हुए गा रहे हैं।)

पीर बाबा : जिधर देखता हूँ उधर तू ही तू है,
के हर शै में जल्वा तेरा हूबहू है।
चमन का हर इक गुल चिटख कर कहे है।
तू ही तू, तू ही तू, तू ही एक तू है।

व्यक्ति : इसे समझाइए पीर बाबा... रहम की भीख दीजिए।

पीर बाबा : *(किशोर से)* उठ... उस पर भरोसा रख... उसकी इबादत में मन लगा।

(हुमायूँ और तरदी बेग का साधारण वेश में प्रवेश। हुमायूँ छड़ी लिए हुए हैं।)

व्यक्ति : क़रीबी रिश्तेदारों के हलाक हो जाने के बाद... ये बहुत अकेला हो गया है... दिमाग़ पर असर हो गया है...

पीर बाबा : *(फ़लसफ़ाने अंदाज़ में)* गुज़श्त आँचे गुज़श्त... जो गुज़र गया सो गुज़र गया...

व्यक्ति : बाबा इसका तो हाल बेहाल है... जवान है अभी... आगे क्या होगा?

पीर बाबा : सिर रखकर यों क्या रोता है,
यहाँ फ़िक्र किए क्या होता है!
(किशोर से) उठ बच्चा जा... धर जा... घर... तेरे ज़ख़्म वो रफ़ू करेगा *(ऊपर की ओर इशारा करके)* जो सबसे बड़ा रफ़ूगर है... उसके रहम पर भरोसा रख... जा... घर जा घर...
(हुमायूँ और तरदी बेग पास आकर बैठते हैं। व्यक्ति किशोर को उठाकर ले जाता है। हुमायूँ पीर बाबा का सिजदा करते हैं। तरदी बेग हल्का-सा झुकते हैं।)

हुमायूँ : यों आपने आधे सवालों का जवाब तो पहले ही दे दिया पर बाबा... ये तो बताइए कि मेरी क़िस्मत में क्या लिखा है?

पीर बाबा : *(चमक कर)* क़िस्मत! कपड़े बदल कर क़िस्मत का हाल बदल जाता है क्या? किससे छिप रहा था? मुझसे? उससे *(ऊपर की ओर इशारा)* या खुद अपने आप से?
(हुमायूँ का चेहरा ज़र्द पड़ जाता है। तरदी बेग भी हैरान होते हैं।)

हुमायूँ : आप से तन्हाई में बात करने का और कोई रास्ता न था... तबीयत घबराई-सी रहती है। सुकून नहीं है...ज़िंदगी भगाए लिए जा रही है। यहाँ से वहाँ...जाने कहाँ! ख़ानाबदोश बनाकर रख दिया है।

पीर बाबा : *(ज़ोर से हँसकर)* बस घबरा गया? इस ख़ानाबदोश ज़िंदगी से घबरा गया? नासमझ जानता है ख़ानाबदोश ज़िंदगी की तरह कभी-कभी मौत भी ऐसी ही होती है... जो सुकून नहीं सिर्फ़ ख़ानाबदोशी देती है! ख़ानाबदोश मौत! *(हँसते हैं फिर अचानक संजीदा होकर)* सुकून चाहता है? तेरी क़िस्मत में सुकून कहाँ! मर कर भी नहीं। और सुकून चाहता है तो...तो उसे याद कर...

दिन में मिलने की आस कर,
रात को फिर उसे याद कर।

बस उसको... उसको याद कर...

हुमायूँ : वैसे तो अब कोई दिलचस्पी नहीं रही पर फिर भी... आइंदा ज़िंदगी कैसी होगी बाबा?

पीर बाबा : आइंदा ज़िंदगी? उसका हाल मुझसे पूछ रहा है? अपने किताबख़ाने की छत पर घंटों बैठकर चाँद-सितारों से यही सवाल नहीं करता? जो जानता है वो मेरे मुँह से सुनने आया है? *(ऊँची आवाज़ में)* हुमायूँ... बादशाह हुमायूँ... क़िस्मतवर हुमायूँ... अपनी क़िस्मत का हाल मुझसे जानना चाहता है! पूरी दुनिया की ख़ल्क़त के रोज़ाना ख़र्चे की आधी क़ीमत के लायक़ कोहेनूर तूने बाबर को क्या सोचकर दिया था? तूने इतने एहतराम के साथ जो कोहेनूर बाबर को दिया था वो उसने तुझे चमकाकर लौटा दिया... नासमझ तब उसने तेरी क़िस्मत चमकाई थी... क़िस्मत! उसके बाद तू बना बादशाह... हज़रत जहाँबानी... अब यहाँ क्यों आया है? मुझपे क्या रखा है?

हुमायूँ : *(विनय से)* बहुत से काम बाक़ी हैं... बहुत सी बाज़ी जीत कर हार चुका हूँ... क्या उन्हें दोबारा हासिल कर पाऊँगा? इतना वक़्त है क्या मेरे पास?

पीर बाबा : *(हँसकर)* क्या घुमा के बात की है! पूछ मौत की रहा है पर मौत का नाम लेने से डरता है... ओ नासमझ... खुदा का शुक्र अदाकर... उन हालात से दो-चार नहीं हुआ कि ज़िंदगी की उम्मीद बस मौत हो... ऐसे हालात कि इंसान मुंतज़िर हो तो सिर्फ़ मौत का!

हुमायूँ : *(हकलाकर)* नहीं बाबा... वो बात नहीं...

पीर बाबा : पीछे मुड़-मुड़ कर देखना बंद कर। सँभल के क़दम बढ़ा... सँभल के। जा तू अपने सितारों की दुनिया में डूबा रह... जा नाहीद...

हुमायूँ : *(बात काटकर एक परेशान स्वर में विस्फोट की तरह)* नाहीद! इस नाहीद का क्या करूँ? कुछ बताइए। ज़हन से चिपक गया है ये!

पीर बाबा : नाहीद पर ध्यान लगा... वही खूबसूरत सितारा नाहीद... जो डूबा हुआ है आजकल... रूठ गया है वो तुझसे... उसके करम की भीख माँग...

हुमायूँ : रहम बाबा रहम...

पीर बाबा : *(हाथ ऊपर उठा कर)* उसका रहम... बस उसका रहम... आज जुमेरात है... कल जुम्मे की शाम वही सितारा नाहीद फलक पर नमूदार होगा... उसका इंतज़ार कर... तब तक सब्र रख सब्र... इंतज़ार कर उसका... जा बसती दुनिया तक तेरा इक़बाल बुलंद हो... जा...
(मस्ती में गाने लगते हैं।) जिधर देखता हूँ उधर तू ही तू है... तू ही एक तू है...
(हुमायूँ झुककर आदाब करते हैं और बग़ैर पीठ मोड़े छड़ी के सहारे पीछे की तरफ क़दम रखते हुए तरदी बेग के साथ निकल जाते हैं।)

फ़्लैश बैक समाप्त

(हमीदा बानो फ़्लैश बैक से पहले की तरह तिपाई पर बैठी तरदी बेग की दास्तान सुन रही हैं। पीर बाबा वाली बात ख़त्म होते ही वह दुपट्टे से अपने आँसू पोंछती हैं।)

हमीदा बानो : यानी उस जुमेरात को वो आपके साथ पीर बाबा की ज़ियारत के लिए गए थे...

तरदी बेग : जी... और वहाँ से लौटकर कुछ सोच में पड़े रहे... मुझे जाने का हुक्म दिया तो... मैं चला आया था।

हमीदा बानो : हाँ उस रात... उस जुमेरात की रात वो बराबर किताबख़ाने में रहे... अपने शमादान के साथ... हम नीचे यहाँ चक्कर काटा किए...

तरदी बेग : *(अतीत में डूबकर)* अगले रोज़... उस जुम्मे के रोज़ दोपहर बाद मैं आया तो देखा अकेले यहाँ बैठे थे... ग़मगीन से। मुझे देखते ही जैसे नींद से जागे। पास बैठाया। *(दिमाग़ पर ज़ोर डालकर)* आमना से गुलाब का अर्क़ मँगवाया... पोस्तीन की जेब से अफ़ीम की गोलियाँ निकालीं... गिनकर चार... हाँ चार ही थीं... वापस रखीं और शायद बची हुई एक या फिर दो गोलियाँ अर्क़ में

मिलाकर धीरे-धीरे पीते रहे। काबुल और गुजरात से जो अमीर आए थे...

(तभी पार्श्व से कई जोड़ी क़दमों की आहट और कुछ प्रतिरोध के स्वर उभरते हैं–

- हुज़ूर अंदर जाने की इजाज़त नहीं है।

- ख़ामोश गुस्ताख़...

- ख़बरदार...सामने से हटो वर्ना... अंजाम अच्छा नहीं होगा

- मलिका-ए-आलिया...

- सिपाहियो आगे बढ़ो... सिर क़लम कर दो...

तलवारें चलने की आवाज़ें और चीखें सुनाई देती हैं। तभी मिर्ज़ा साहिब, सय्यद साहिब और ख़्वाजा साहिब व उनके सिपाहियों का धड़धड़ाते हुए प्रवेश। हमीदा बानो, तरदी बेग व आमना हक्के-बक्के देखते रह जाते हैं।)

मिर्ज़ा : तो हमारी ख़बर सही थी... तरदी बेग सुबह होने से पहले आप यहीं मौजूद हैं!

तरदी बेग : ये क्या गुस्ताख़ी है!

सय्यद : ख़बरदार... ज़बान सँभालकर... तुम्हारे दिन लद गए।

ख़्वाजा : तरदी बेग अपना खेल अब ख़त्म हुआ समझो।

मिर्ज़ा : सिपाहियो देखते क्या हो? गिरफ़्तार करो इस नमकहराम को... फ़ौरन...

हमीदा बानो : ये नहीं हो सकता है... हम कहते हैं ये हरगिज़ नहीं हो सकता।

(दो सिपाही आगे बढ़कर तरदी बेग की दोनों कलाइयाँ कस कर पकड़ लेते हैं।)

मिर्ज़ा : मलिका-ए-आलिया आप एक तरफ़ हो जाएँ। उसी में आपकी बेहतरी है।

हमीदा बानो : तुम्हारी ये हिम्मत! हमारे महल में खड़े होकर हमसे ज़बान लड़ाते हो... होश में आओ मिर्ज़ा...

सय्यद : मुग़लिया सल्तनत के लिए हमारे पुरखों ने अपने खून की नदियाँ बहाई हैं। इसकी चिनाई में उनका क़तरा-क़तरा खून काम आया है। कुछ खुदगर्ज़ लोगों के नापाक इरादे उसे मटियामेट नहीं कर सकते।

ख़्वाजा : बस बहुत हुआ... लानत है...हुकूमत की हविस ने तुम लोगों को अंधा बना दिया... *(तरदी बेग के पास जाकर)* तुमने क्या सोचा था तरदी बेग... कि तुम सबकी आँखों में धूल झोंक दोगे? मलिका से मिलकर सल्तनत हासिल कर लोगे? बताओ बादशाह सलामत कहाँ है? कहाँ छिपा रखा है उन्हें? बोलो।

हमीदा बानो : अमीर तरदी बेग अब ख़ामोश रहने का वक़्त नहीं है... इन्हें बता दीजिए कि इनके बादशाह कहाँ है।

तरदी बेग : क्या बताएँ मलिका-ए-आलिया... कैसे बताएँ!

हमीदा बानो : जैसे हमें बता रहे थे अभी...सिलसिलेवार ढंग से...

तरदी बेग : मगर... मगर अभी शाहज़ादे अकबर...

मिर्ज़ा : अच्छा तो शाहज़ादे अकबर को भी अपने साथ मिला रखा है! बताओ बादशाह सलामत कहाँ हैं। हम तुम्हारी एक न चलने देंगे।

हमीदा बानो : इस सैलाब को आप अब नहीं रोक पाएँगे... अब नहीं...बताइए इन्हें... सब कुछ बता दीजिए।

तरदी बेग : मलिका-ए-आलिया!

हमीदा बानो : आप बता रहे थे कि उस जुमे के रोज़ काबुल और गुजरात से कुछ अमीर-उमरा आए थे।

सय्यद : ये क्या बताएँगे! हमें मालूम है कि वो लोग आए थे और उन्होंने बादशाह सलामत से मुलाक़ात भी की थी।

तरदी बेग : हाँ... और उसके बाद किताबख़ाने में नजूमियों को बुलाकर सितारों की रफ्तार का ही कुछ हिसाब-किताब लगवाते रहे... बीच-बीच में *(ऊपर किताबख़ाने में जहाँ दूरबीन रखी है उस ओर देखकर)* दूरबीन से फ़लक देखते रहे... मन में तय कर रखा था कि नाहीद के फ़लक पर दिखाई देने के बाद पाक घड़ी में कुछ अमीरों को तरक़्क़ी देंगे... मुझसे ज़िक्र किया था...

सय्यद : तो आपने अपनी बिसात तभी से बिछा ली होगी! तब से किसी की तरक़्क़ी कहाँ हुई!

तरदी बेग : *(सय्यद की बात अनसुनी कर अपनी जारी रखते हुए)* फिर नजूमियों की बैठक भी ख़त्म हुई... और हज़रत जहाँबानी कुछ देर न जाने किन ख़यालों में डूबे छत पर

ही बैठे रहे... फिर वो नीचे आने के लिए ज़ीने की तरफ़ बढ़े... *(साँस-सी छोड़कर)* न जाने क्या घड़ी थी वो कि मुकरी ने अज़ान दी...

ख़्वाजा : तो उस अज़ान से आपकी बिसात पलट गई? खेल बिगड़ गया?

तरदी बेग : अचानक आवाज़ सुनकर बादशाह हड़बड़ा गए।

ख़्वाजा : हैं हैं... किसे बना रहे हो तरदी बेग? हज़रत जहाँबानी को अज़ान और नमाज़ के वक़्त का अंदाज़ा रहता था। खूब रहता था!

हमीदा बानो : ख़्वाजा साहब आप भूल रहे हैं... उस रोज़ मुकरी ने अज़ान वक़्त से ज़रा पहले दे दी थी।

ख़्वाजा : *(कुछ सोचते हुए)* शायद मलिका सही कह रही हैं। एक जुमे के रोज़ ऐसा हुआ था। अज़ान का ज़िम्मा उस रोज़ मिस्कीन का था और उसने अज़ान जल्दी दी थी।

फ़्लैश बैक

(पार्श्व से अज़ान सुनाई देती है और मंच पर अँधेरा छा जाता है। प्रकाश सीढ़ियों से होता हुआ ऊपर पहुँचता है। ऊपर से हुमायूँ पैरों तक लंबा लबादा (पोस्तीन) पहने, छड़ी लिए धीरे-धीरे नीचे आ रहे हैं। अज़ान सुनकर ठिठकते हैं। इन दृश्यों पर तरदी बेग की आवाज़ सुनाई देती है।)

तरदी बेग की आवाज़ : अज़ान के एहतराम में हज़रत जहाँबानी ने चाहा कि वहीं घुटनों के बल बैठ जाएँ... पर...

(हुमायूँ एक सीढ़ी पर बैठने के लिए छड़ी को मज़बूती से सँभालते हैं। बैठने वाले होते हैं कि उनका लबादा पैर के नीचे दब जाता है। छड़ी लड़खड़ाती है। फिर छड़ी सीढ़ियों से नीचे आती है। पीछे-पीछे हुमायूँ भी फिसलते हुए नीचे आते हैं। बेहोश हो जाते हैं।)

तरदी बेग की आवाज़ : पर... जो लंबा पोस्तीन वो पहने थे... बैठते वक़्त उसका दामन उनके पैर में अटक गया और... *(उत्तेजित स्वर में)* और उनकी छड़ी हाथ से छूट गई... ज़ीने से नीचे आ गई...

फिर हज़रत जहाँबानी खुद इस चिकने पैने ज़ीने से फिसलकर लुढ़कते हुए नीचे आ गिरे... सिर के बल... वहाँ... चोट दाहिनी कनपटी पर आई और कान से खून के क़तरे टपकने लगे। उन पर बेहोशी तारी हो गई।

हमीदा बानो की आवाज़ : अल्लाह!

फ़्लैश बैक समाप्त

(प्रकाश हुमायूँ व उनकी ज़मीन पर गिरी छड़ी से हटकर मंच के अन्य पात्रों पर लौटता है। तरदी बेग उत्तेजित होकर ज़ीने के नीचे का वो स्थान दिखाने के लिए आगे को बढ़ते हैं तो उनके हाथ थामे सिपाही भी आगे घिसटते हैं।)

तरदी बेग : यहीं आकर गिरी थी उनकी छड़ी और उसके बाद वो खुद... यहीं... मलिका-ए-आलिया... यहीं... इसी जगह पर...
(अब वहाँ न बेहोश हुमायूँ हैं न उनकी छड़ी। हमीदा बानो उठकर रोती हुई तेज़ क़दमों से ज़ीने की ओर जाती हैं और ज़ीने के हत्थे पर सिर रखकर ज़ोर-जोर से रोती हैं।)

हमीदा बानो : हाय उसके बाद तो उन्होंने खुद मुझसे बातें भी कीं... दो दिन तक लगा ठीक हो जाएँगे पर दो दिन बाद इतवार को... हाय... परवरदिगार ये क्या क़हर ढाया तूने... हाय मेरे आक़ा... बस इतना ही साथ था...
(हमीदा बानो के रोने की आवाज़ें सुनकर आमना घबराई सी आती है और उन्हें थाम लेती है।)

मिर्ज़ा : क्या मतलब है आपका? क्या बादशाह सलामत... नहीं रहे?

ख़्वाजा : या अल्लाह रहम!
(यह ख़बर सुन सिपाही तरदी बेग को आज़ाद कर पीछे हट जाते हैं। हमीदा बानो को इस हाल में देख आमना उन्हें सँभालती हुई मसनद पर बैठा देती है। तरदी बेग ग़मगीन-से सिर झुकाए खड़े रहते हैं। तभी कनीज़ का प्रवेश।)

कनीज़ : अमीर हज़रत नाज़िर शेख़ क़ुली साहिब तशरीफ़ लाए हैं।

सय्यद : *(चौंक कर सिर उठाते हुए)* नाज़िर शेख़! इस वक़्त?

(बद्हवास-से नाज़िर शेख़ क़ुली का तेज़ी से प्रवेश। कनीज़ हमीदा बानो को इस हाल में देख घबरा जाती है। माहौल को सूँघने की कोशिश करती है। फिर नज़रें बचाकर धीरे-धीरे पीछे को होकर छिपकर नज़ारा देखती है। नाज़िर शेख़ कोरनिश करते हैं पर हमीदा बानो ध्यान नहीं देतीं। अपने ग़म में डूबी रहती हैं। नाज़िर शेख़ भी इतने लोगों को इकट्ठा देखकर अचकचा जाते हैं।)

तरदी बेग : क्या ख़बर लाए हैं?

नाज़िर शेख़ : अभी बयान करूँ?

तरदी बेग : अब कोई फ़र्क़ नहीं पड़ता... बताइए।

नाज़िर शेख़ : शाहज़ादे के नाम फ़रमान लेकर पहुँचा जिसमें हज़रत जहाँबानी के उस हादसे और तबीयत की बेहतरी का हाल लिखा था। सुना था हरियाना में हैं... सो हरियाना पहुँचा पर ख़बर मिली अमीर बैरम ख़ाँ शाहज़ादे को लेकर कलानौर के लिए रवाना हो चुके हैं... कुछ लोगों को यहाँ वापस भेजा और कुछ के साथ खुद कलानौर पहुँचा... फ़रमान मैंने खुद अमीर बैरम ख़ाँ के हाथ में दिया।

तरदी बेग : फिर?

नाज़िर शेख़ : उन्होंने एक नज़र में उसका असली मज़मून भाँप लिया। वो समझ गए कि शायद हज़रत जहाँबानी... *(ठहर जाते हैं।)*

तरदी बेग : आगे बढ़िए... फिर क्या हुआ?

नाज़िर शेख़ : इस बीच यहाँ से एक पोशीदा शाही पैग़ाम पहुँचा कि हज़रत जहाँबानी अब... उस पैग़ाम का शाहज़ादे अकबर की तबीयत पर बहुत बुरा असर हुआ। बहुत देर तक फूट-फूट कर रोते रहे... अमीर बैरम ख़ाँ का ऐसे में उनके साथ होना मददगार साबित हुआ।

तरदी बेग : *(सिर हिलाकर)* हूँ...

नाज़िर शेख़ : शाहज़ादे फ़ौरन आने के लिए बेक़रार हो गए... हमने और अमीर बैरम ख़ाँ ने बड़ी मुश्किल से उन्हें वहाँ रोक कर रखा। *(हमीदा बानो से मुख़ातिब होकर)*

मलिका-ए-आलिया तो पंजाब के हालात जानती हैं... ऐसे मौक़े पर जब तरह-तरह की अफ़वाहें वहाँ पहुँच रही थीं... शाहज़ादे का आना मुनासिब न होता।

तरदी बेग : इस मुताल्लिक अमीर बैरम ख़ाँ का कोई पैग़ाम?

नाज़िर शेख़ : अमीर बैरम ख़ाँ की राय है कि हज़रत शाहज़ादे की ताजपोशी वहीं की जाए... शाहज़ादे के तख़्तनशीं होने से पहले यह ख़बर रिआया तक पहुँच गई तो क़यामत हो सकती है। पंजाब पहले ही सुलग रहा है... कहीं दीनपनाह में भी... वक़्त गँवाना मुनासिब नहीं। ताजपोशी के बाद ही वो लोग यहाँ आएँगे। *(हमीदा बानो से)* और हुज़ूर मैं हाज़िर हूँ... हुक्म फ़रमाएँ।

तरदी बेग : ऐसे में यहाँ... हज़रत शाहज़ादे के इंतज़ार में पहले ही ख़ासा वक़्त गुज़र चुका है। फ़ौरन... आज जुमा मस्जिद में शाहज़ादे हज़रत अकबर के नाम से ख़ुतबा पढ़ा जाए जिसमें उन्हें हज़रत जहाँबानी की जगह हिंदोस्तान का बादशाह एलान किया जाए... *(ज़रा ठहर कर)* साथ-साथ शाही जनाज़े और फ़ातेहा की तैयारी की जाए।

(अचानक सावधान होकर) पर आख़िरी फ़ैसला तो मलिका-ए-आलिया का है... *(हमीदा बानो की ओर झुक कर)* हुज़ूर हुक्म फ़रमाएँ...

हमीदा बानो : *(अनमनी-सी चरम हताशा के भाव से)* वो आप लोग देख लीजिएगा... पर जाइए पहले दरवाज़ा खोल दीजिए... *(अचानक होश में आकर भावनाओं में बहती चली जाती हैं)* जाओ दरवाज़ा खोल दो... रूह को आज़ाद कर दो... हुमा परवाज़ के लिए बेचैन है... मेरा हुमायूँ क़ैद में है... उसे आज़ाद करो... सत्तरह दिन... पूरे सत्तरह दिन हो गए आज... जो ताज़िंदगी हालात की क़ैद में रहा गुज़र कर भी हालात ने उसे क़ैद में ही रखा। अरे उसे निजात दिलाओ... कोई तो निजात दिलाओ...

(आमना हमीदा बानो को सँभालने का प्रयास करती है। बीच-बीच में खुद भी रोती जाती है। तरदी बेग ख़ाँ और नाज़िर शेख़ क़ुली सिर झुकाए खड़े रहते हैं।)

जाओ जाकर हिंदोस्तान की रिआया को बता दो कि *(छाती पीट कर)* उनके अज़ीज़ शाहेमुल्क बादशाह हुमायूँ नहीं रहे... जाओ मिर्ज़ा... जाओ सय्यद... जाओ दरवाज़े खुलवा दो... अपने बादशाह को आज़ाद करो... रूह के परिंदे को... हुमायूँ के उस हुमा को उड़ जाने दो...

(तरदी बेग ख़ाँ धीरे-धीरे कमरे की ओर बढ़ते हैं और बंद दरवाज़ा खोल देते हैं।)

सुकून की नींद लेने के लिए... उड़ जाने दो... हुमा को उड़ जाने दो।

(नाज़िर शेख़ कुली, तरदी बेग ख़ाँ और आमना खुले दरवाज़े की ओर देखते हैं। हमीदा बानो रोते-रोते बिखर कर टूट-सी जाती हैं।)

मिर्ज़ा : *(मंच पर आगे की ओर आकर)* सत्तरह दिन!

सय्यद : *(मिर्ज़ा के पास आकर)* हाँ सत्तरह दिन! सत्तरह दिन हम अँधेरे में रहे और हमारे बादशाह इंतकाल फ़रमाने के बाद भी क़ैद में...सत्तरह दिन...

ख़्वाजा : *(हाथ उठाकर दुआ करते हुए)* अल्लाह उन्हें जन्नत नसीब हो। आह सत्तरह दिन बाद! अल्लाह उन्हें सुकून दे।

(तभी अचानक मंच पर दरगाह वाले पीर बाबा का प्रवेश। पीर बाबा किसी नए रास्ते से मंच पर आते हैं जो नाटक के पात्रों ने इस्तेमाल नहीं किया था। वे आध्यात्मिक जुनून (वज्द) की अवस्था में हैं। मंच पर उपस्थित पात्र उनकी उपस्थिति से अनभिज्ञ और अप्रभावित रहते हैं। पीर बाबा झूम-झूमकर अपनी बात कहते जाते हैं।)

पीर बाबा : सुकून दोगे उसे? नसीब में लिखाकर लाया था क्या सुकून? हुमायूँ!! क़िस्मतवर!! एक नाम से क्या होता है? बादशाह हुमायूँ...ये बादशाहत...ये सियासत की बिसात... इंसान को न इंसान की ज़िंदगी जीने देती है न इंसान की मौत मरने देती है। हँह... इस दीनपनाह को बसाया था उसने... इसी दीनपनाह में तुम उसे मिट्टी के सुपुर्द करोगे? सुकून के लिए? नासमझ हो...अनजान हो...अरे अभी तो जाने कहाँ-कहाँ की मिट्टी पुकार रही है उसे... जाओ... जाओ फ़ातेहा पढ़ो दीनपनाह

में... लेकिन याद रखना...फिर एक फ़ातेहा सरहिंद में भी पढ़ोगे... इसी हुमायूँ का ...*(हँसकर)* हा हा हा...सुकून के लिए! *(गंभीर होकर)* तब भी सुकून नदारद...एक बार फिर... तीसरी बार फ़ातेहा पढ़ोगे फिर इसी दीनपनाह में। चौथी बार फ़ातेहा फिर पढ़ोगे। तब इसे एक मक़बरा नसीब होगा। हुमायूँ का मक़बरा। अभी इसकी मय्यत को सुकून कहाँ! हैरान होते हो? क्यों? ये बादशाही निज़ाम है...इसमें ये सब होता आया है...होता रहेगा...नाम के बादशाह और दो मुट्ठी ख़ाक को तरसती मय्यत...हा...हा...हा...सियासत और सुकून! हा...हा...हा...सुकून!

(तरदी बेग और नाज़िर शेख़ क़ुली धीरे-धीरे कमरे में प्रवेश करते हैं जहाँ हुमायूँ का शव रखा है। मिर्ज़ा साहिब, सय्यद साहिब और ख़्वाजा साहिब भी पलट कर धीरे-धीरे उसी कमरे में प्रवेश करते हैं। पीर बाबा वज्द की अवस्था में मंच पर पीछे की ओर झूमते रहते हैं। हमीदा बानो उठती हैं। दुख के बोझ से लदी हुई मंच पर आगे की ओर आती हैं। आमना उन्हें उठता देख सहारा देने को लपकती है मगर हमीदा बानो हौले से रोक देती हैं और खुद आगे बढ़ जाती हैं। आमना वहीं खड़ी रह जाती है और हैरानी से हमीदा बानो को देखती है।)

हमीदा बानो : *(स्वगत)* अपने मक़बरे तक का तो ख़ाका तैयार कर लिया तुमने पर ख़्वाब में भी न सोच पाए होंगे कि ऐसी ज़िंदगी का अंजाम ये होगा! खुद चले गए... मुझे उस जलते लोबान की तरह यहीं छोड़ गए। ज़िंदगी तुमने बाबर के नाम कर दी। उनकी उम्मीदों और ख़्वाहिशों के नाम! तो ऐ बादशाहे हिंद इस बुझते हुए लोबान को इतना तो बता जा... ये मौत फिर किस की रही? हुमायूँ की या बाबर की?

❑❑❑